José Zorrilla (1817-1893) nació en Valladolid, hijo de un padre severo, conservador y furibundo absolutista y de una madre sumamente piadosa. Cuando tenía nueve años, él y su familia se trasladaron a Madrid, pero tras la muerte de Fernando VII su padre fue desterrado a Burgos. Fue enviado entonces a la Real Universidad de Toledo para estudiar derecho, formación que completaría en la Universidad de Valladolid. No obstante, el joven José Zorrilla tenía otros intereses mucho más vivos que la legalidad: la literatura, el dibujo y un carácter eminentemente enamoradizo primaban en él, quien en 1836 huyó a la capital, donde empezaría a frecuentar ambientes intelectuales y literarios. Allí trabó amistad con José de Espronceda y se casó con Florentina O'Reilly, una viuda irlandesa mayor que él. Infeliz en su matrimonio, Zorrilla tendría varias amantes y viajaría a París en más de una ocasión; donde conocería, entre otros, a Victor Hugo y a Alexandre Dumas. Tras una vida recibiendo honores por su prolífica y genial obra teatral y poética, murió en Madrid en 1893. Sus restos, originalmente enterrados en el cementerio de San Justo, fueron trasladados a Valladolid al cabo de tres años, cumpliendo con las últimas voluntades del dramaturgo.

Ismael López Martín (Cáceres, 1987) es profesor de la Universidad de Zaragoza. Doctor internacional en estudios filológicos y lingüísticos por la Universidad de Extremadura, recibió el Premio Extraordinario de Doctorado y el Premio Academia del Hispanismo a la mejor tesis doctoral. Sus investigaciones se han centrado en el teatro español del Siglo de Oro, muy especialmente en Lope de Vega, pero también se ha dedicado a la comedia de magia dieciochesca y a Vicente García de la Huerta.

JOSÉ ZORRILLA

Don Juan Tenorio

Edición de

ISMAEL LÓPEZ MARTÍN

PENGUIN CLÁSICOS

Primera edición: enero de 2017

Printed in Spain – Impreso en España

ISBN: 978-84-9105-315-6
Depósito legal: B-19.858-2016

Compuesto en Comptex & Ass., S. L.

Impreso en Liberdúplex
Sant Llorenç d'Hortons (Barcelona)

PG 5 3 1 5 6

Penguin
Random House
Grupo Editorial

Para Jesús Cañas Murillo,
por su magisterio y amistad

ÍNDICE

Introducción

1. El contexto sociohistórico y político

Cuando nace José Zorrilla en 1817 tanto España como el resto de Europa acababan de poner fin al régimen imperialista instaurado por Napoleón Bonaparte. En 1808 se habían producido las denominadas Abdicaciones de Bayona, por las que los reyes españoles Carlos IV y su hijo Fernando VII cedieron sus derechos dinásticos, sucesivamente, al general francés, quien colocó en el trono de España a su hermano José I (1808-1813), lo que generó el caldo de cultivo que propició el desarrollo de la guerra de la Independencia entre 1808 y 1814, un período en el que se aprobó en Cádiz, en 1812, una constitución liberal que suponía un progreso a nivel político en la España del momento. Las desastrosas campañas rusas de Napoleón y su definitiva derrota en la batalla de Waterloo hicieron posible su caída y exilio, por lo que las naciones europeas, reunidas en el Congreso de Viena (1814-1815), decidieron restablecer el orden fronterizo previo a la llegada de Bonaparte al poder.

En España reinaba Fernando VII desde 1813, quien fue recibido con gran entusiasmo por sus súbditos, que anhelaban acabar con las injerencias galas. Pero entre 1814 y 1820 el rey estableció un período de absolutismo que suprimió los derechos y libertades de la Constitución de Cádiz. Precisamente el padre de Zorrilla fue un apasionado defensor del absolutismo real. Esta situación, sin embargo, estalló en 1820, cuando el general Rafael del Riego capitaneó un pronunciamiento militar de corte constitucional que acabó imponiéndose, dando principio al período conocido como Trienio Liberal (1820-1823), durante el cual se retomó el régimen gaditano. De hecho, este golpe español fue uno de los desencadenantes de las denominadas revoluciones liberales burguesas acaecidas en torno a ese año en Europa, que más tarde se repitieron en 1830 y en 1848. Era un momento de efervescencia en todo el continente; no podemos olvidar que la Revolución industrial también se produjo en esos años, lo que sin duda coadyuvó a las conquistas políticas. Pero también en América, donde las colonias españolas culminaban sus independencias. En 1823 se ejecutó al general Riego y, con la ayuda del ejército europeo de los cien mil hijos de san Luis, Fernando VII restauró el absolutismo en el país, dando comienzo a la última fase de su reinado, la Década Ominosa (1823-1833). Cuando en 1830 nace la futura Isabel II y el rey promulga la Pragmática Sanción, que reconocía a las mujeres el derecho a reinar que había abolido la Ley Sálica, una rama de la familia real capitaneada por el hermano del monarca, Carlos María Isidro, defendió sus derechos a la sucesión al trono apelando a la vigencia de la citada ley, lo que provocó varias guerras civiles que se englobaron bajo la corriente dinástica carlista.

En 1833 fallece Fernando VII; su hija, Isabel II, cuenta tres años, por lo que su madre, María Cristina de Borbón, es nombrada regente, quien tuvo que hacer frente a la primera guerra carlista (1833-1839). En 1834 promulgó el Estatuto Real, diseñado por Francisco Martínez de la Rosa, una carta otorgada con determinados derechos para los ciudadanos que estaba a una distancia insalvable de lo que fue la Constitución de 1812. Más tarde, en 1837, culminó la desamortización de Juan Álvarez Mendizábal, que sirvió al Estado para incautarse de determinados bienes raíces que poseía la Iglesia, y se aprobó una nueva constitución, de cariz progresista. En 1840 es nombrado regente Baldomero Espartero, quien introduce una nueva desamortización al año siguiente.

En 1843 se declaró la mayoría de edad de Isabel II y fue proclamada reina. Entre 1844 y 1854, la Década Moderada, los partidos políticos aprobaron una nueva constitución, esta menos progresista que la anterior, en 1845, que estuvo vigente hasta 1869, aunque hubo proyectos de modificación en 1852 y 1856 que no se llevaron a cabo. Tras ascender al trono de manera efectiva, soportó, como su madre, una guerra carlista, la segunda, que se desarrolló de 1846 a 1849. Cuando en 1854 se produjo una revolución que se hacía eco de algunos malos usos de la corona dio comienzo el Bienio Progresista, hasta 1856, momento en el que se desarrolló una de las medidas más importantes: la desamortización de Pascual Madoz, que se extendió por todo el territorio con una fuerza que no consiguieron las anteriores. Los últimos años del reinado de Isabel II estuvieron marcados por la alternancia de los moderados y de los liberales en el Gobierno. Pero en otro punto del globo se estaba viviendo un conflicto muy relevante, la guerra de Secesión estadounidense (1861-1865) entre abolicionistas y antiabolicionistas de la esclavitud, entre los estados unionistas del norte y los confederados del sur, que propugnaban una economía con dicho sistema de explotación.

En 1868 estalló la revolución llamada la Gloriosa, que provocó el exilio de la reina. Dio comienzo el Sexenio Revolucionario (1868-1874), cuando se aprobó una nueva constitución (1869), más progresista; abdicó la reina en la persona de su hijo Alfonso, y se proclamó rey a Amadeo I (1870-1873) que, tras soportar la tercera guerra carlista (1872-1876) y abdicar entre otros motivos por el magnicidio de su principal valedor, Juan Prim, facilitó la llegada de la I República Española (1873-1874), que tuvo cuatro presidentes (Estanislao Figueras, Francisco Pi i Margall, Nicolás Salmerón y Emilio Castelar) en menos de dos años y no aprobó ninguna constitución. Arsenio Martínez-Campos se alzó a través de un pronunciamiento militar que acabó con el período republicano.

En 1874 se produce la Restauración borbónica y Alfonso XII es proclamado rey de España. Durante su reinado se aprobó una nueva constitución, la de 1876, muy duradera, que facilitaba el *turnismo* en el Gobierno entre los partidos moderado y liberal. Falleció en 1885 mientras su esposa estaba embarazada del futuro Alfonso XIII. La viuda, María Cristina de Habsburgo-Lorena, ejerció la regencia hasta 1902.

El siglo XIX vivió numerosos procesos de construcción social, política y económica en la práctica totalidad de los países occidentales, incluido España. Se trata de un período convulso en el que se sentaron las bases de doctrinas políticas como el anarquismo o el socialismo; no en vano, Karl Marx y Friedrich Engels publicaron en 1848 el *Manifiesto del Partido Comunista* y desarrollaron postulados anticapitalistas y conceptos como la lucha de clases o la dictadura del proletariado. También fue una época en la que florecieron los nacionalismos; el movimiento romántico favoreció sobremanera esa conciencia, amén de los deseos de libertad y de revalorización de los pasados gloriosos y heroicos de cada territorio.

En Europa el romanticismo comenzó durante las últimas décadas del siglo XVIII, sobre todo en Alemania e Inglaterra. Ya en la centuria siguiente, cuando todavía España seguía con los últimos suspiros del neoclasicismo y aún brillaban algunas comedias de magia como *La pata de cabra* de Juan Grimaldi, se desarrollaron las ideas románticas, aunque adaptadas a las particularidades españolas, como una religiosidad que, según sugirió Aguirre, se entendió como valor estético.[1] José de Espronceda o Mariano José de Larra, entre otros autores, destacaron en la lírica y en el teatro y el artículo costumbrista, respectivamente, con obras como *El estudiante de Salamanca* o *El doncel de don Enrique el Doliente*. El drama gozó de muy buena salud en nuestro país, con *Don Álvaro o la fuerza del sino* del duque de Rivas, *El trovador* de Antonio García Gutiérrez, *Los amantes de Teruel* de Juan Eugenio Hartzenbusch o *Don Juan Tenorio* de José Zorrilla, textos capitales de aquel período histórico. Más tarde, Gustavo Adolfo Bécquer y Rosalía de Castro pusieron el timbre al romanticismo español, cuando ya los postulados del realismo y el naturalismo de Benito Pérez Galdós (*Marianela*, *La desheredada*, *Fortunata y Jacinta*, *Tristana*), Leopoldo Alas (*La Regenta*) o Emilia Pardo Bazán (*Los pazos de Ulloa*, *La madre naturaleza*) estaban muy avanzados, con particular éxito en la novela. Aún nuestro dramaturgo conoció los albores de un nuevo movimiento venido de Hispanoamérica, el modernismo, que aportaba a la lírica una musicalidad especial, un cromatismo excepcional y una exquisita preocupación por la forma. Rubén Darío publicó *Azul*, muestra de esta estética, en el ocaso de la vida de Zorrilla.

[1] José María Aguirre, «Las dos noches de Don Juan Tenorio», *Segismundo*, XIII, 25-26 (1977), p. 216.

2. La cronología de la época

Año	Autor-obra	Hechos históricos	Hechos culturales
1817	José Zorrilla y Moral nace en Valladolid.		Muere Meléndez Valdés.
1818			*Frankenstein*, de Shelley. *Don Juan*, de Byron.
1820		Trienio Liberal (1820-1823). Revoluciones de 1820.	*Ivanhoe*, de Scott.
1823	Se traslada con su familia a Burgos.	Década Ominosa (1823-1833).	
1826	Cambio de residencia, ahora a Sevilla.		
1827	Vive en Madrid e ingresa en el Real Seminario de Nobles.		
1829			*La pata de cabra*, de Grimaldi.
1830		Nace Isabel II. Revoluciones de 1830.	*Rojo y negro*, de Stendhal.
1833	Empieza a estudiar leyes en Toledo.	Muere Fernando VII. Regencia de María Cristina de Borbón (1833-1840). Primera guerra carlista (1833-1839).	

1834	Continúa sus estudios universitarios en Valladolid.	Estatuto Real de 1834.	*La conjuración de Venecia*, de Martínez de la Rosa. *El doncel de don Enrique el Doliente*, de Larra.
1835			Se funda la revista *El Artista*. *Don Álvaro o la fuerza del sino*, del duque de Rivas.
1836	Se traslada a vivir a Madrid. *Vivir loco y morir más*.		Nace Bécquer. *El trovador*, de García Gutiérrez.
1837	Asiste al entierro de Larra y lee versos ante su tumba. Comienza a publicar *Poesías*.	Desamortización de Mendizábal. Constitución de 1837.	Muerte de Larra por suicidio. Nace Rosalía de Castro. *Los amantes de Teruel*, de Hartzenbusch. *Don Fernando el Emplazado*, de Bretón de los Herreros.
1839	Contrae matrimonio con doña Florentina Matilde de O'Reilly, con quien tiene una hija, fallecida en la niñez.		

	Ganar perdiendo. *Juan Dandolo.* *Cada cual con su razón.*		
1840	*El capitán Montoya.* *Lealtad de una mujer y aventuras de una noche.* Primera parte de *El zapatero y el rey.*	Regencia de Espartero (1840-1843).	*El estudiante de Salamanca*, de Espronceda.
1841	*Margarita la tornera.* Acaba *Cantos del trovador.*	Desamortización de Espartero.	*El diablo mundo*, de Espronceda.
1842	Segunda parte de *El zapatero y el rey.* *El eco del torrente.* *Los dos virreyes.* *Un año y un día.* *Sancho García.*		Muere Espronceda.
1843	Recibe la cruz de la Orden de Carlos III. *El puñal del godo.* *Sofronia.* *La mejor razón, la espada.* *El molino de Guadalajara.* *El caballo del rey don Sancho.*	Isabel II es declarada mayor de edad y proclamada reina.	Nace Pérez Galdós. «El gato negro», de Poe.
1844	*Don Juan Tenorio.* *La copa de marfil.* *Recuerdos y fantasías.*	Década Moderada (1844-1854).	*El señor de Bembibre*, de Gil y Carrasco. *Los tres mosqueteros*, de Dumas.

1845	Viaja a Francia. Muere su madre, doña Nicomedes Moral. *El alcalde Ronquillo. La azucena silvestre. El desafío del diablo. Un testigo de bronce.*	Constitución de 1845.	
1846	Regresa a España.	Segunda guerra carlista (1846-1849).	
1847	*El rey loco. La reina y los favoritos. La calentura.*		*Cumbres borrascosas*, de Brontë.
1848	Es elegido miembro de la Real Academia Española, pero no toma posesión. *El excomulgado. El diluvio universal.*	Revoluciones de 1848.	*Manifiesto comunista*, de Marx y Engels.
1849	Muere su padre, don José Zorrilla Caballero. *Traidor, inconfeso y mártir.*		
1850	Viaja a París. *María. Un cuento de amores.*		
1852	*Granada.*		Nace Pardo Bazán.

1853	Viaja a Londres.		
1854	Se traslada a vivir a México.	Revolución de 1854. Bienio Progresista (1854-1856).	
1855	*La flor de los recuerdos.*	Desamortización de Madoz.	
1857		Nace Alfonso XII.	Muere Quintana.
1858	Viaja a Cuba.		
1859	*Dos rosas y dos rosales.*		*El origen de las especies*, de Darwin.
1862			*Los miserables*, de Hugo.
1865	Muere su esposa.		
1866	Regresa a España.		Nace Valle-Inclán.
1867	*El drama del alma.*		
1868		Revolución la Gloriosa. Exilio de Isabel II. Sexenio Revolucionario (1868-1874).	
1869	Se casa con Juana Pacheco.	Constitución de 1869.	
1870	*El encapuchado.*	Abdicación de Isabel II. Amadeo I es proclamado rey.	Muere Bécquer.
1871	Recibe la gran cruz de la Orden de Carlos III. Viaja a Italia.		*Rimas*, de Bécquer.

1872		Tercera guerra carlista (1872-1876).	*Martín Fierro*, de Hernández.
1873		Abdicación de Amadeo I. I República Española (1873-1874).	*Episodios Nacionales* (1873-1912), de Pérez Galdós.
1874	Se traslada a Francia.	Restauración borbónica. Alfonso XII es proclamado rey.	*Pepita Jiménez*, de Valera.
1876	Regresa a España.	Constitución de 1876.	*Doña Perfecta*, de Pérez Galdós.
1877	*Don Juan Tenorio* (zarzuela).		
1880	*Recuerdos del tiempo viejo* (1880-1882).		
1881			*La desheredada*, de Pérez Galdós.
1882	Es nombrado cronista de Valladolid. Es elegido, de nuevo, miembro de la Real Academia Española.		
1884			*La Regenta* (1884-1885), de Clarín.
1885	Toma posesión de la silla «L» de la Real Academia Española.	Muere Alfonso XII. Regencia de María Cristina de Habsburgo (1885-1902).	Muere Rosalía de Castro.

1886		Nace Alfonso XIII.	*El extraño caso del Dr. Jekyll y Mr. Hyde*, de Stevenson. *Los pazos de Ulloa*, de Pardo Bazán. *Fortunata y Jacinta* (1886-1887), de Pérez Galdós.
1887			*La madre naturaleza*, de Pardo Bazán.
1888	*¡A escape y al vuelo! De Murcia al cielo.*		*Azul*, de Darío.
1889	Es aclamado y coronado como poeta nacional en Granada.		
1891			Nace Pedro Salinas.
1893	Muere en Madrid.		Nace Jorge Guillén.

3. La vida y la obra de José Zorrilla

José Zorrilla y Moral nace en Valladolid el 21 de febrero de 1817, hijo de José Zorrilla Caballero y de Nicomedes Moral. Su padre era relator de la Chancillería de la capital del Pisuerga y un apasionado absolutista. A causa del trabajo de su padre, el poeta cambió de residencia en varias ocasiones durante su niñez: en 1823 don José es nombrado gobernador de Burgos y la familia se traslada a esa localidad, tres años después es oidor en Sevilla y se marchan a la capital hispalense durante un breve período de tiempo, pues al año siguiente se le promueve al cargo de alcalde de casa y corte y deben trasladarse a Madrid. Nuestro poeta cuenta con apenas diez años y asiste al Real Seminario de Nobles, que abandona en 1833 para estudiar leyes en Toledo, entonces centro universitario, por designio de su padre. José Zorrilla no se desenvuelve con soltura en su formación académica y don José, su padre, lo traslada a Valladolid al año siguiente para que continúe allí sus estudios superiores, aunque tampoco cosechó muchos éxitos. Estas circunstancias hicieron que se alejara cada vez más de su padre (con quien no mantuvo una estrecha relación), que se encontraba desterrado en Lerma (Burgos) como consecuencia de la muerte de Fernando VII y de la caída de los defensores del absolutismo, que concluyó con la desgracia de sus partidarios. Allí recibió, como toda su familia, el apoyo de su corregidor, don Francisco Luis de Vallejo, de quien Zorrilla siempre advierte que fue un leal amigo y que le tenía mucho aprecio; no en vano le dedicó su *Don Juan Tenorio*.

Aunque la relación con su progenitor no fue muy satisfactoria, el poeta acudió a verlo, cuando fue avisado, en sus momentos de enfermedad, como hizo en 1835. La producción de los primeros escritos del vallisoletano recoge aspectos biográficos de la relación con su padre, de la que siempre se lamentó. Recuerda Alonso Cortés que Zorrilla, «al escribir todas sus obras, no pensaba más que en su padre, con quien por todos los medios deseaba congraciarse».[2] Se marchó a Madrid, sin embargo, en 1836.

En la capital recorrió los ambientes culturales y entabló relaciones con varios intelectuales (solía visitar a Espronceda en su casa); frecuentaba la Biblioteca Nacional y empezó a darse a conocer en algunas revistas, como *El Artista*

[2] Narciso Alonso Cortés, *Zorrilla, su vida y sus obras*, Valladolid, Santarén, 1943, p. 201.

(fundada en 1835, año del estreno del *Don Álvaro* de Rivas), *El Porvenir*, *El Español* o *El Entreacto*, publicación de la que fue redactor. Empezó a ser conocido por el mundo literario, y comenzó a publicar sus poemas (el primer volumen de sus *Poesías* vio la luz en 1837) a la vez que se dedicaba a sus pasiones, como el tiro con pistola. En ese momento se produjo el suicidio de Larra, hecho que le afectó sobremanera; asistió a su entierro y leyó algunos poemas ante su tumba.

En 1839 estuvo a punto de representar una comedia de corte clasicista titulada *Más vale llegar a tiempo que rondar un año*, pero no fue posible. Al poco tiempo contrajo matrimonio con doña Florentina Matilde de O'Reilly, viuda de don José Bernal, con treinta y ocho años (nuestro poeta tenía veintidós). En octubre fueron padres de Plácida Ester María de los Dolores, que falleció a los tres meses. De esa época son *Ganar perdiendo*, una comedia al estilo de las de Lope de Vega; *Juan Dandolo*, que escribió en colaboración con García Gutiérrez y estrenó, sin mucho éxito, en el Teatro del Príncipe; *Cada cual con su razón*; *Lealtad de una mujer y aventuras de una noche* y *El capitán Montoya*. En marzo de 1840 estrenó la primera parte de *El zapatero y el rey*, alabada por el público, que incluso solicitó la presencia del autor en el escenario.

Al año siguiente concluyó el tercer y último volumen de los *Cantos del trovador*, que incluía la leyenda de *Margarita la tornera*, una de las obras más celebradas de Zorrilla y de la que tomó algunos versos para su *Tenorio*. En 1842 estrenó la segunda parte de *El zapatero y el rey*, de menor calidad artística que la primera. Sin embargo, persistió en su faceta de poeta dramático y llevó a las tablas, ese mismo año, *El eco del torrente*, sobre la vida de Garci Fernández; *Los dos virreyes*; la mal considerada *Un año y un día* y *Sancho Gar-*

cía, basada en los conflictos de Sancho de Navarra. En 1843 estrenó *El puñal del godo,* con aplauso de la crítica, y la tragedia clasicista en un acto *Sofronia.* A finales de ese año recibió del Gobierno de España la cruz supernumeraria de la Real y Distinguida Orden de Carlos III junto a Manuel Bretón de los Herreros y Juan Eugenio Hartzenbusch como reconocimiento a su valía en las letras españolas y para estimular a los demás escritores.

A principios de 1844 Carlos Latorre le encargó que escribiera otra obra dramática para su teatro, y de tal modo concibió su *Don Juan Tenorio*, improvisado en una noche de insomnio y escrito en veintiún días. Se estrenó el 28 de marzo, y concitó un éxito desigual entre el público, pues gustó la primera parte pero no la segunda, que fue reflejado en las críticas periodísticas. El caso es que Zorrilla vendió los derechos de la obra cuyo éxito fue cada vez mayor, a pesar de que el autor intentó vilipendiarla por presentar incorrecciones y reclamó parte de los beneficios que el drama otorgaba a sus propietarios, de los que Zorrilla no percibía nada. De ese mismo año son también la tragedia *La copa de marfil* y el poemario *Recuerdos y fantasías.*

Al año siguiente estrenó la vivaz *El alcalde Ronquillo* y publicó dos tomos de poesía narrativa que contenían las leyendas *La azucena silvestre*, *El desafío del diablo* y *Un testigo de bronce*. El poeta viaja a Francia; pasó por Burdeos, donde comenzó su poema *Granada*, y después se afincó en París. Allí vivió feliz durante unos meses, hasta que recibió la noticia del fallecimiento de doña Nicomedes Moral, su madre, por la que sentía un cariño absoluto y quien lo nombró heredero en su testamento, más allá de lo que dejó a su viudo. Tan pronto como le fue posible, pero no antes de 1846, Zorrilla volvió a España, visitó a su padre en el municipio de Torquemada (Palencia) y después regresó a Madrid, donde estrenó *El rey loco*, la comedia histórica *La reina y los favoritos* y *La calentura*, segunda parte de *El puñal del godo*, que cosechó cierto éxito a finales de 1847. Zorrilla fue nombrado miembro de la junta que debía velar por los intereses del recién creado Teatro Real Español, pero dimitió de su cargo. En 1848 se postuló para ocupar la vacante (silla «T») que había dejado el filósofo Jaime Balmes (que falleció sin tomar posesión) en la Real Academia Española, pero fue elegido el escritor José Joaquín de Mora. El crítico Alberto Lista (silla «H») falleció el mismo año, por lo que Zorrilla no retiró su candidatura y ahora sí fue elegido, y por unanimidad. El vallisoletano no llegó a tomar posesión de la vacante. Antes, ese mismo año, los teatros vieron *El excomulgado* y *El diluvio universal*.

Fue en marzo de 1849 cuando, tras algunos aplazamientos, se estrenó el drama *Traidor, inconfeso y mártir* en el Teatro de la Cruz, de sobresaliente factura por parte del autor pero de cuestionable puesta en escena por algunos actores, en especial por Julián Romea (que mantuvo algunos desencuentros con Zorrilla), lo que provocó la fugacidad de esta obra en cartel. Con García de Quevedo colaboró en la publicación del poema religioso *María* y de *Un cuento de amores*, que vieron la luz al año siguiente. Antes había muerto su padre, don José Zorrilla Caballero, y el poeta se desplazó a Torquemada para solucionar las mandas testamentarias y toda su herencia, aunque la tristeza envolvía todo su proceder. Tal vez la muerte de su padre, algunos desencuentros con Romea, desaciertos en el teatro y la mala o nula relación que sostenía con su esposa favorecieron que tomara la determinación de marcharse a París en 1850. Allí trabajó sin descanso en su poema *Granada*, cuyos dos tomos fueron publicados dos años más tarde; cosechó un notable éxito. Volvió a la capital francesa después de un fugaz viaje a Londres y en 1854 trasladó su residencia a México. Allí fue recibido con parabienes, se rodeó de buenos amigos y viajó por el país, conociendo paisajes exuberantes y costumbres cautivadoras, de lo que dejó buena muestra en sus escritos poéticos, sobre todo en *La flor de los recuerdos*, donde recupera ese lirismo del que era capaz, alejado de un descriptivismo fácil que hubiera recordado a sus primeras composiciones en la década de 1830. En 1858 realizó un viaje a Cuba, donde estuvo unos meses y participó en algunas lecturas poéticas, como también acostumbraba a hacer en España. Además, allí asistió a la muerte y funerales de uno de sus mejores amigos.

Volvió a México, donde también pasó algunas temporadas de desazón y tristeza; no gozó de una situación económica acomodada a pesar de que algunos amigos le enviaban dinero y, además, estaba lejos de su país. Allí publicó *Dos rosas y dos rosales* en 1859. En 1863 Maximiliano I fue nombrado emperador de México, y desde el año siguiente (cuando llegó al país azteca) entró en contacto con nuestro poeta; de hecho, fue su protector, y no solo lo nombró oficial de la Imperial y Distinguida Orden de Guadalupe en 1865, sino que le ofreció la dirección del Teatro Nacional que se pretendía crear. En México vio Zorrilla representar su *Don Juan Tenorio*. Ese año, mientras planeaba divorciarse de su esposa, recibió la comunicación de que doña Florentina Matilde de O'Reilly había fallecido de cólera. El poeta no veía resuelta la cuestión de la fundación del Teatro Nacional y decidió volver a Europa, primero a París y luego a España, adonde llegó en 1866.

Cuando llegó a su país natal, Zorrilla encontró un ambiente distinto del que dejó. Es verdad que él temía encontrarse un mundo literario muy cambiado, pero no es menos cierto que recibió halagos sin fin en varias de las ciudades por las que pasó, donde hacía lecturas públicas, o donde representaba sus obras de teatro. Fue recibido en Madrid por varios artistas y se programaron varias funciones de su *Don Juan Tenorio* y *El zapatero y el rey*, con notabilísimos éxito y agrado de público y crítica. Al año siguiente publicó un intimista libro de poesía titulado *El drama del alma* que narra «la historia del imperio de Maximiliano».[3]

El primer matrimonio de Zorrilla no fue del agrado de sus padres, y el dramaturgo asumió que le costó el cariño de ambos, muy especialmente el de su padre, que no lo llamó a su lado ni en los últimos momentos que pasó en la casa familiar del municipio de Torquemada. Sin embargo, tras asistir a una representación que fue muy del gusto de nuestro poeta, cuenta Alonso Cortés que este saludó al autor, don Luis Pacheco, y que vio a su hermana en un palco, la zaragozana Juana Pacheco, con quien en efecto contrajo matrimonio en 1869. Zorrilla seguía viviendo un buen momento en lo personal y en lo relativo a su reconocimiento literario: era aplaudido allá donde iba y se solicitaba su presencia en recitales y juegos literarios. Hacia 1870 escribió Zorrilla una comedia de enredo que se estrenó en Barcelona y que tituló, en un principio, *Entre clérigos y diablos*, después titulada *El encapuchado* para no herir susceptibilidades políticas o eclesiásticas de cualquier índole.

En 1871 recibió la gran cruz de la Real y Distinguida Orden de Carlos III en atención a sus méritos literarios, y se le destinó a Roma y a otras ciudades de Italia para que revisara los archivos y bibliotecas de esos lugares. Allí se trasladó con su mujer, aunque no se dedicó a realizar las

[3] Narciso Alonso Cortés, *Zorrilla...*, *op. cit.*, p. 709.

labores que el Gobierno español le había encomendado: era una tarea que le resultaba tediosa e inútil, máxime cuando tenía otras cosas más interesantes en que ocuparse, como conocer la cultura italiana y escribir literatura, la pasión de su vida. En varias ocasiones recibió escritos gubernamentales en los que se le requería que informara sobre sus avances en Italia en la catalogación de esos fondos documentales, a los que Zorrilla hizo caso omiso. En 1874 se fue a Francia y, a finales de 1876, regresó a España.

Con sesenta años al poeta le preocupaban cada vez más sus rentas, y siguió insistiendo a los propietarios de los derechos de su *Don Juan Tenorio* para que compartieran con él algunas ganancias que consideraba que merecía. Amenazaba con escribir una pieza aún mejor y más sosegada, que no fuera fruto de la inmadurez con la que había escrito el drama en 1844. No obstante, la obra formaba parte del acervo cultural y tradicional español y se representaba, ya entonces, en la noche de difuntos. Ninguna de sus gestiones obtuvo el éxito deseado y en 1877 logró estrenar una zarzuela con el mismo título, *Don Juan Tenorio*, con música de Nicolás Manent. El público aplaudió el experimento, pero lo cierto es que resultaban extrañas algunas modificaciones del clásico drama que Zorrilla quiso refundir.

A partir de 1879 empezó el dramaturgo a publicar en *El Imparcial* sus *Recuerdos del tiempo viejo*, que vieron la luz en forma de libro entre 1880 y 1882. Entre ese año y el siguiente publicó además el poema épico *La leyenda del Cid*. Fue nombrado, también en 1882, cronista de Valladolid, y ese mismo año lo eligieron, por segunda vez, para cubrir una vacante (silla «L») en la Real Academia Española, ahora por fallecimiento del historiador José Caveda. A lo largo de esos años comienza una gira por distintos territorios de España, en los que realiza lecturas poéticas y es homenajeado, y comienza la publicación de sus *Obras completas* a partir de 1884. El 31 de octubre de ese mismo año vio representar *Traidor, inconfeso y mártir* en la inauguración del teatro que llevaría su nombre en la ciudad de Valladolid.

En 1885 toma posesión de su plaza en la Real Academia Española, en una sesión presidida por el rey Alfonso XII, con la lectura de su discurso en verso *Autobiografía y autorretrato poéticos*; le contestó en nombre de la corporación el académico don Leopoldo Augusto de Cueto, marqués de Valmar, escritor de origen colombiano.

Otra de sus aspiraciones más perentorias era la de su pensión. A lo largo de los años obtuvo varias negativas por parte del Estado. Algunas de ellas, que pasaban el trámite en una de las cámaras parlamentarias pero no en la otra, se rechazaban arguyendo que el autor ya cobraba como cronista de Valladolid y por la fundación de Montserrat y Santiago en Roma. Sin embargo, en 1886 por fin se aprobó en las dos cámaras una pensión para el autor, a quien injustamente habían tratado los beneficiarios de su prestigioso, clásico y rentabilísimo *Don Juan Tenorio*.

En los últimos años de su vida Zorrilla siguió viajando (cada vez con menos frecuencia; se asentó en Valladolid), participando en lecturas públicas y, por supuesto, continuó publicando obras. Fue un autor incansable. Ya en 1888 dio a la imprenta *¡A escape y al vuelo!* y *De Murcia al cielo*, que se gestó en una visita realizada por el poeta a dicha ciudad unos años antes.

El 22 de junio de 1889 Zorrilla, con setenta y dos años, fue objeto de un espectacular homenaje en el palacio de Carlos V de la Alhambra de Granada. En unos sublimes fastos organizados por el Liceo de esa ciudad, nuestro dramaturgo fue aclamado por pueblo y artistas y solemnemente coronado como poeta nacional por el duque de Rivas en representación de la reina regente, María Cristina de Habsburgo-Lorena. Zorrilla siempre se mostró muy agradecido por un homenaje sincero que le había llegado al corazón, un corazón inserto en un cuerpo cada vez con más achaques y dolencias, que acompañaron al dramaturgo hasta el final de sus días, con algunas mejorías dentro de su estado y de su edad.

Enfermo pero lúcido, con ganas de seguir escribiendo, don José Zorrilla, de setenta y cinco años, falleció en su cama, en su domicilio familiar de Madrid, el 23 de enero de 1893. La capilla ardiente fue instalada en el salón de actos de la Real Academia Española, institución que costeó un multitudinario entierro al que acudieron personalidades de todas las clases sociales; recibió, por supuesto, el homenaje del mundo artístico y literario.

Hoy, desde su sepulcro del panteón de vallisoletanos ilustres del cementerio del Carmen de la ciudad de Valladolid, su cuna hace doscientos años, asiste a la gloria de sus inmortales versos.

4. *Don Juan Tenorio*

4.1. La adscripción estética del drama y su tradición

A partir de los últimos años del siglo XVIII empiezan a producirse cambios sociopolíticos, ideológicos, culturales, artísticos y literarios que se desarrollaron, poco a poco aunque en diferente grado, en varios países europeos. El nuevo movimiento que ve la luz es el romanticismo, cuyos albores situamos en Alemania e Inglaterra en ese período de entresiglos. Sin embargo, fue durante el primer tercio del siglo XIX cuando se sentaron las bases cuasi definitivas de la nueva estética, y ello de la mano de autores como los hermanos August W. y Friedrich Schlegel, Heinrich Heine, Lord Byron o Walter Scott.

El movimiento llegó algo más tarde a España: muy a finales del decenio de 1820 ya se atisbaban algunas posibilidades renovadoras que miraban sobre todo a lo que se estaba haciendo en Europa, que se trasladaban, por ejemplo, a través de traducciones. Pero ese movimiento continental había que adaptarlo a la realidad nacional española, y ello era especialmente difícil en el duro reinado con el que Fernando VII gobernó al país durante la Década Ominosa (1823-1833). A partir, pues, de la década de 1830 España empezó a incorporarse a la tendencia romántica europea, y lo hizo con intensidad y brevedad, pues en poco más de quince años el movimiento puede darse por terminado en su concepción más purista. Navas Ruiz entiende que el siglo XIX puede dividirse a nivel estético en los años finales del neoclasicismo, hasta 1830; el romanticismo, de 1830 a 1850; el postromanticismo, de 1850 a 1875; y el realismo, de 1875 a 1898, aproximadamente.[4]

Hemos de advertir que en la literatura española la estética postbarroca se extendió más allá del ecuador del siglo XVIII, pues esa concepción, esas ideas, seguían siendo del gusto del público. En el caso del teatro, por ejemplo, todo ese conglomerado englobado bajo el conjunto de comedia espectacular (la comedia de magia, la de santos, la heroico-militar, etc.), de clara herencia barroca, convivió solo a partir de la segunda mitad del siglo, y sobre todo a partir del últi-

[4] Ricardo Navas Ruiz, *El Romanticismo español*, Madrid, Cátedra, 1990, p. 39.

mo tercio, con los géneros neoclásicos (la tragedia, la comedia de buenas costumbres o la comedia sentimental).[5] Ese retraso en la llegada del neoclasicismo a España, que se produjo casi cuando en Alemania e Inglaterra se estaba gestando el romanticismo, propició que su desaparición se extendiera durante los primeros decenios del siglo XIX para dejar ya paso al movimiento romántico. Cabe destacar que en 1829 se estrenó *La pata de cabra* de Juan Grimaldi, una obra que cosechó un notabilísimo éxito y que pertenecía al dieciochesco género de la comedia de magia, que convivía en esos años con el melodrama, la comedia, la tragedia y el *vaudeville*[6] a pesar de que no fuera muy del gusto de la crítica romántica, como recuerda Checa.[7]

La asociación de determinados motivos de la comedia de espectáculo postbarroca, de la tragedia y de la comedia sentimental, junto con otras características nuevas o procedentes de Europa, facilitó el advenimiento del drama romántico, cuyos años dorados se vivieron en la década de 1830 con obras como *Macías* (1834) de Mariano José de Larra, *Don Álvaro o la fuerza del sino* (1835) del duque de Rivas, *El trovador* (1836) de Antonio García Gutiérrez o *Los amantes de Teruel* (1837) de Juan Eugenio Hartzenbusch.

[5] Ismael López Martín, «Antonio de Zamora frente a Lope de Vega: la comedia de magia dieciochesca y sus antecedentes narrativos en *El peregrino en su patria*», en María Luisa Lobato, Javier San José y Germán Vega, eds., *Brujería, magia y otros prodigios en la literatura española del Siglo de Oro*, Alicante, Biblioteca Virtual Miguel de Cervantes, 2016, p. 352.

[6] Ricardo Navas Ruiz, *El Romanticismo español*, *op. cit.*, p. 352.

[7] José María Checa Beltrán, «La comedia de magia en la crítica neoclásica y romántica», en F. J. Blasco, E. Caldera, J. Álvarez Barrientos y R. de la Fuente, eds., *La Comedia de Magia y de Santos*, Madrid, Júcar, 1992, p. 390.

Navas Ruiz afirma que fue a partir de 1845 cuando el drama romántico empezó a languidecer.[8] Algunos de los dramas que se representaban por esos años se fueron alejando paulatinamente de las características canónicas del drama romántico, y tal es el caso del *Don Juan Tenorio* (1844) de José Zorrilla. Sobre todo en la parte segunda del drama se observa una clara evolución del personaje de don Juan, cuyo final poco tiene que ver con el de otros héroes románticos como don Álvaro, pues implora el perdón divino a través de su verdadero amor por doña Inés, que se alza como mediadora de la gracia de la salvación del alma. Magistralmente asociados a los motivos románticos, esta parte segunda del drama está trufada de giros escenográficos propios de la comedia de magia (que intentaba acercarse a los temas trágicos: «di sicuro occorreva un certo coraggio per risuscitare il teatro di magia su di un registro non comico ed è pensabile che l'autore si muovesse con qualche circospezione»),[9] que seguía gozando de plena vigencia por esos años, como las apariciones y desapariciones de estatuas en ambientes sepulcrales de tumbas, mutaciones en panteones, estatuas animadas[10] y presencias fantasmagóricas.[11] Advertimos, con

[8] Ricardo Navas Ruiz, *El Romanticismo español*, *op. cit.*, p. 133.

[9] Ermanno Caldera, «La magia nel teatro romantico», en Ermanno Caldera, ed., *Teatro di magia*, Roma, Bulzoni, 1983, p. 200.

[10] Ermanno Caldera, «La última etapa de la comedia de magia», en Giuseppe Bellini, ed., *Actas del Séptimo Congreso de la Asociación Internacional de Hispanistas*, Roma, Bulzoni, 1982, vol. I, p. 253.

[11] Precisamente Caldera destaca el éxito de las estatuas animadas a propósito de *El mágico de Salerno* de José Salvo y Vela (Ermanno Caldera, «La fórmula de Salvo y Vela», en F. J. Blasco, E. Caldera, J. Álvarez Barrientos y R. de la Fuente, eds., *La Comedia de Magia y de Santos*, Madrid, Júcar, 1992, p. 333). Por su parte, Gies sitúa en paralelo el final del drama con el de la comedia de magia *El himeneo en la tumba o la hechicera* (1849) de Enrique Zumel, donde también aparece una última

Gies,[12] que la obra de Zorrilla aúna el espectáculo que tenía el favor del público a través de la comedia de magia y el género que había cosechado tanto éxito en la década precedente: el drama romántico.

Añade Gies que estas nuevas transformaciones estéticas gustaban al público de la clase media porque veían en ellas el reflejo de sus inquietudes.[13] Caldera[14] recuerda que esa nueva burguesía acomodada prefiere unas obras en las que primen los ideales conservadores que les permitan continuar en su posición de placidez, aunque se traten temas tan románticos como el amor o la libertad. Por lo tanto, podemos adscribir el *Tenorio* de Zorrilla a la órbita del romanticismo, pero considerarlo un drama romántico puro, al estilo del *Don Álvaro*, fundamentalmente por el final del protagonista y por los ideales que este enarbola; por ello hablaríamos de un tardorromanticismo dramático que ya está muy presente en nuestro drama. Así pues, el *Tenorio* de Zorrilla «no es solamente un ejemplo del ocaso del romanticismo, sino también un ejemplo dirigido hacia las formas populares del período postromántico».[15] El drama

---

elevación hacia el cielo (David T. Gies, «*In re magica veritas*: Enrique Zumel y la comedia de magia en la segunda mitad del siglo XIX», en *ibid*, p. 438). Álvarez Barrientos explicó que «la ilusión que se pretende en este teatro es una ilusión menos real y más teatral» (Joaquín Álvarez Barrientos, *La comedia de magia del siglo XVIII*, Madrid, Consejo Superior de Investigaciones Científicas, 2011, p. 188).

[12] David T. Gies, «*Don Juan Tenorio* y la tradición de la comedia de magia», *Hispanic Review*, 58, 1 (1990), p. 13.

[13] David T. Gies, *El teatro en la España del siglo XIX*, Madrid, Cambridge, 1996, p. 190.

[14] Ermanno Caldera, *El teatro español en la época romántica*, Madrid, Castalia, 2001, p. 169.

[15] Nancy K. Mayberry, «*Don Juan Tenorio* as the End–Marker of Spanish Romanticism», *Crítica Hispánica*, XVIII, 1 (1996), p. 131.

romántico dejaría paso, más adelante, a la alta comedia burguesa.

En aquel proceso de adaptación del romanticismo europeo a la realidad nacional española que los autores formularon cobró especial relevancia el motivo religioso. La presencia del ideal cristiano en el drama de Zorrilla consolida el conservadurismo ideológico y el consiguiente tardorromanticismo teatral, previo al postromanticismo lírico de Bécquer de finales del segundo tercio del siglo.

El don Juan de Zorrilla, tal vez el más popular de todos, se adscribe a una tradición española y europea de la que el poeta vallisoletano bebió para construir su *Tenorio*. El dramaturgo no reconoció en sus *Recuerdos del tiempo viejo* todas las influencias que la crítica le ha procurado, sino que

> sin más datos ni más estudio que *El burlador de Sevilla*, de aquel ingenioso fraile, y su mala refundición de Solís, que era la que hasta entonces se había representado bajo el título de *No hay plazo que no se cumpla ni deuda que no se pague* o *El convidado de piedra*[16] [...] sin conocer ni *Le festin de Pierre*, de Molière, ni el precioso libreto del abate Da Ponte, ni nada, en fin, de lo que en Alemania, Francia e Italia había escrito sobre la

[16] Esta obra fue escrita por Antonio de Zamora. Irene Vallejo asume que Zorrilla no se equivocó de autor porque hay una refundición de dicha obra en la Biblioteca Municipal de Madrid, de 1843, que podría haber salido de la pluma de Dionisio Solís (Irene Vallejo, «El *Don Juan* que pudo ver Zorrilla: Una refundición de la comedia *No hay plazo que no se cumpla ni deuda que no se pague, y convidado de piedra* de A. de Zamora», en José Carlos de Torres Martínez y Cecilia García Antón, coords., *Estudios de literatura española de los siglos XIX y XX. Homenaje a Juan María Díez Taboada*, Madrid, Consejo Superior de Investigaciones Científicas, 1998, pp. 419-420).

inmensa idea del libertinaje sacrílego personificado en un hombre: Don Juan.[17]

No se trata aquí de señalar en qué lugares buscó Zorrilla los caracteres de su *Don Juan Tenorio*, sino de recordar que la obra zorrillesca se inserta sin lugar a dudas en una amplia tradición,[18] la del donjuanismo, que tuvo un punto de inflexión en *El burlador de Sevilla o el convidado de piedra* (*ca.* 1620) de Tirso de Molina. Señala Fernández Cifuentes[19] que en esta obra ya hay una invitación a una cena para una víctima de don Juan («D. JUAN. Aquesta noche a cenar / os aguardo en mi posada»)[20] y que este recibe un castigo, además de que dicho personaje no es respetuoso. Barlow[21] recoge características de *No hay plazo que no se cumpla ni deuda que no se pague y convidado de piedra* (1714) de Zamora, como los comentarios de los criados sobre sus señores, la violación de la santidad de los conventos o las relaciones entre padre e hijo.

El motivo del don Juan también fue abordado en obras como *La venganza en el sepulcro* (siglo XVII) de Córdoba y

17 José Zorrilla, *Recuerdos del tiempo viejo*, Eduardo Torrilla, ed., Madrid/Barcelona, Fundación Dos de Mayo, Nación y Libertad/Espasa, 2012, pp. 100-101.

18 Pueden consultarse, entre otros, los trabajos de Arcadio Baquero Goyanes, *Don Juan y su evolución dramática. El personaje teatral en seis comedias españolas*, Madrid, Editora Nacional, 1966; y *Don Juan, siempre Don Juan (Todos los Tenorios del teatro español)*, Madrid, Fundación Premios Mayte, 2005.

19 José Zorrilla, *Don Juan Tenorio*, Luis Fernández Cifuentes, ed., Madrid, Real Academia Española, 2012, pp. 181-182.

20 Tirso de Molina, *El burlador de Sevilla*, Francisco Florit Durán, ed., Barcelona, Penguin Clásicos, 2015, p. 155.

21 Joseph W. Barlow, «Zorrilla's Indebtedness to Zamora», *Romanic Review*, XVII (1926), pp. 303-318.

Maldonado, *Dom Juan* (1665) de Molière (que cita Zorrilla en sus *Recuerdos*), *Don Giovanni* (1787) de Mozart y libreto de Da Ponte (también citado por el vallisoletano), *Les âmes du Purgatoire* (1834) de Mérimée, *Le souper chez le Commandeur* (1834) de Bury o *Don Juan de Marana* de Dumas (1836). Pero después del *Tenorio* de Zorrilla siguieron apareciendo versiones del mito, de entre las que vamos a destacar dos que nos permiten observar algunas características acerca de dos caminos que siguió don Juan a partir del romanticismo. Son *El nuevo Don Juan* (1863) de Adelardo López de Ayala y *El marqués de Bradomín. Coloquios románticos* (1906) de Ramón del Valle-Inclán.

La comedia de López de Ayala se adscribe al movimiento realista, y esto anota algunas diferencias de tratamiento del personaje de don Juan de Alvarado con respecto al don Juan Tenorio romántico. Aparecen en *El nuevo Don Juan* dos circunstancias que deben ser tenidas en cuenta: en primer lugar, el interés del autor por ridiculizar al galán y, en segundo lugar, la razón y la deducción como procedimientos positivistas, tan asentados en el realismo, como Mas-López advirtió, también, a propósito del don Juan de George Bernard Shaw.[22] En la obra de López de Ayala don Juan mantiene una relación con Paulina, pero intenta obtener el favor de su tía Elena, una dama a la que corteja, pero que está casada con Diego, quien descubre las intenciones del galán a través de la lectura de una carta (recurso muy frecuente en toda la pieza). Don Juan intenta producir celos en Elena aduciendo que su esposo cortejaba a otra dama, Paz. Después de varias escenas, los dos gala-

[22] Edita Mas-López, «El Don Juan del romanticismo poético del siglo XIX y el Don Juan realista del siglo XX», *Letras de Deusto*, 15, 33 (1985), p. 161.

nes consiguen acercar posturas y Diego utiliza esta circunstancia para programar la boda de don Juan con Paulina, de cuya premura se lamenta, poniéndose al descubierto sus verdaderas intenciones, lo que supone el final de su relación con Paulina y su final ridículo. Por otro lado, cabe destacar que los personajes, sin ser «autómatas movidos a capricho»,[23] emplean la razón típica del movimiento realista en varios momentos de la obra, como ese en que don Juan, intuyendo que la dama está muy dispuesta a corresponderle en el amor y ello implicaría que desea arrastrarle a su perdición, declara a Elena que no busca su amor, sino su amistad:

JUAN — Con toda verdad
voy a explicarme.
ELENA — (Ya es mío.)
JUAN — Yo ha mucho tiempo que ansío
conseguir...
ELENA — ¿Qué?
JUAN — *(Con frialdad.)* Su amistad.
ELENA — ¿Mi amistad?
JUAN — No he de obtener
nada más ni yo pretendo...[24]

Por su parte, Valle-Inclán nos propone una evolución del tipo enmarcada en el movimiento modernista, en vigor

[23] Jacinto Octavio Picón, «D. Adelardo López de Ayala», en Pedro de Novo y Colson, ed., *Autores dramáticos contemporáneos y joyas del teatro español del siglo* XIX, Madrid, Imprenta de Fortanet, tomo II, 1882, p. 393.

[24] Adelardo López de Ayala, *El nuevo Don Juan*, Madrid, Establecimiento Tipográfico de T. Fortanet, 1863, p. 45.

en España cuando se estrenó *El Marqués de Bradomín* en 1906 y que fue publicado al año siguiente. Se trata de una obra que adapta para el teatro algunas de las peripecias que el mismo protagonista experimentó en las conocidas *Sonatas* que el autor gallego publicó entre 1902 y 1905. Xavier, un reconocido carlista y «el más admirable de los donjuanes: Feo, sentimental y católico»,[25] hace que su enamorada viva pendiente de él y, sobre todo, de sus ausencias y regresos, en una constante melancolía con recuerdos a la soledad en la que vive:

LA DAMA. [...] Ante nosotros se abría la puerta del laberinto, y un sendero, un solo sendero, ondulaba entre los mirtos como el camino de una vida solitaria y triste. ¡Mi vida desde entonces!

EL MARQUÉS DE BRADOMÍN. ¡Nuestra vida![26]

que están en la órbita del modernismo, como también se adscriben a él otros motivos que aparecen en la obra: la aristocracia, el colorismo y los espacios ajardinados, con fuentes y aves. A pesar del escaso atractivo físico para ser un don Juan prototípico, el amor que ambos se profesan raya en la pasión y la sensualidad, también caracteres arquetípicos de la estética modernista. El Marqués de Bradomín es un don Juan ya viejo que sigue acudiendo a ver a su amada, «a la que se aferra como último amor»[27] y a la que destroza cada vez

[25] Ramón del Valle-Inclán, «El Marqués de Bradomín. Coloquios románticos», en *Comedias bárbaras*, Ignacio Echevarría, ed., Barcelona, Debolsillo, 2017, p. 137.

[26] *Ibid.*, p. 112.

[27] Antonio García Berrio, *La figura de don Juan en el postromaticismo español*, Murcia, Universidad de Murcia, 1967, p. 322.

que se marcha («Isabel Bendaña. Yo en tu caso no vería a Xavier. La dama. No le conoces. Se aparecería cuando yo menos lo esperase»).[28] Es consciente de que, a pesar de todo, no puede estar sin él:

la dama. ¡Xavier, es la última vez que nos vemos, y qué recuerdo tan amargo me dejarán tus palabras!
el marqués de bradomín. ¿Tú crees que es la última vez? Yo creo que no. Mi pobre Concha, si accediese a tu ruego, volverías a llamarme.[29]

4.2. La estructura de la obra y su escenografía. El cronotopo

Ya desde el subtítulo nos informa Zorrilla sobre la disposición externa de la obra: el *Tenorio* es un «drama religioso-fantástico en dos partes». La división en dos bloques bien diferenciados (parte primera y parte segunda, así denominados) no responde solo a una progresiva evolución de la acción y del argumento en un eje cronológico o a un cambio de visión de los personajes, que también; pero no es menos cierto que estas dos partes concitan los dos caminos que confluyen en la obra: el romántico y el tardorromántico.

De los 3815 versos con los que cuenta el drama, la parte primera contiene 2639 divididos en cuatro actos, cada uno con un título que hace referencia a características del personaje de don Juan[30] y al argumento que se desarrolla en

[28] Ramón del Valle-Inclán, «El Marqués de Bradomín...» *op. cit.*, p. 136.
[29] *Ibid.*, p. 140.
[30] La complejidad del personaje de don Juan a través de los títulos

ellos: el acto primero es «Libertinaje y escándalo», 835 versos; el acto segundo se titula «Destreza», 598 versos; el acto tercero recibe el nombre de «Profanación», 476 versos; y el acto cuarto trata sobre «El diablo a las puertas del cielo», 730 versos. Los 1176 versos de la parte segunda se distribuyen en tres actos: el primero, donde cobra especial protagonismo «La sombra de doña Inés», presenta una extensión de 588 versos; el segundo, dedicado a «La estatua de don Gonzalo», de 372 versos; y el tercero, donde se produce el final y la «Misericordia de Dios y apoteosis de amor», de 216 versos.

La parte primera es el momento más romántico, donde don Juan es ese héroe libertino que mira por su propio interés y antepone sus deseos a cualquier hecho o persona, aquel rebelde con antecedentes en el *Don Álvaro* o en otros dramas románticos.[31] El don Juan humano es el protagonista de estos cuatro primeros actos, en los que participa haciendo gala de su fama de conquistador de mujeres que luego abandona, y de su altanería, que le lleva a participar en todos los duelos y disputas posibles con el único propósito de causar daño. Aun cuando Tenorio presume de no seguir los preceptos y dogmas religiosos, va acumulando pecados que estarán muy presentes al final del drama.

La parte segunda representa la evolución del drama español hacia un período tardorromántico en el que ya no importa tanto la libertad del protagonista, sino la salvación de

---

fue señalada por Ángel Valbuena Prat, «El Don Juan Español del Romanticismo poético», en *Historia del teatro español*, Barcelona, Noguer, 1956, p. 506.

[31] David T. Gies, «Don Juan contra don Juan: apoteosis del romanticismo español», en Giuseppe Bellini, ed., *Actas del Séptimo Congreso de la Asociación Internacional de Hispanistas*, Roma, Bulzoni, 1982, vol. I, p. 546.

su alma, con fuentes en Schlegel o Heine. Ahora don Juan manifiesta unas ideas más conservadoras, que reflejan los intereses de la creciente burguesía.[32] El protagonista llega a arrepentirse de esos pecados que lastran su muerte en paz, aunque hay momentos en los que invoca su pasado de libertad. Se aprecia la influencia de la comedia de magia en los movimientos de las estatuas, en apariciones fantasmagóricas y en otras particularidades escenográficas como la música.

En la parte primera don Juan acude a una hostería para saldar una apuesta que había contraído con don Luis Mejía un año antes: se trataba de certificar cuál de los dos personajes hacía mayor daño. Uno y otro resumen sus conquistas y las muertes que han provocado y vence el primero, que además promete burlar a la prometida de don Luis, doña Ana de Pantoja. Esto provoca el enfurecimiento del que sería su marido al día siguiente; pero, aunque ambos son encarcelados, logran escapar y Tenorio entabla citas tanto con doña Ana como con doña Inés (en este caso a través de la tercera Brígida), que está enclaustrada en un convento. Don Juan rapta a doña Inés y la lleva a su quinta, donde asistimos a la famosa escena del sofá, en la que el galán declara su amor a la dama en lo que implica un punto de inflexión en la evolución del protagonista: lo que había comenzado como una apuesta se ha convertido en verdadero amor por doña Inés. Más tarde acuden a reparar sus honras don Luis y don Gonzalo de Ulloa, padre de doña Inés, y aunque don Juan inten-

32 *Ibid.*, p. 550. Por su parte, Joaquín Álvarez Barrientos, «Aproximación a la incidencia de los cambios estéticos y sociales de finales del siglo XVIII y comienzos del XIX en el teatro de la época: comedias de magia y dramas románticos», *Castilla*, 13 (1988), pp. 17-33, estudia cómo influyeron los cambios sociales burgueses en el género de la comedia de magia.

ta aproximarse a ellos para no acabar mal, termina con sus vidas y huye de Sevilla, dejando a su amada con un tremendo dolor.

La parte segunda comienza en el panteón de la familia Tenorio, donde don Juan acude con una disposición, en general, menos arrogante que en la parte primera. Allí reflexiona sobre la muerte que había ocasionado a los que habían sido sus enemigos (don Luis y don Gonzalo) y se emociona ante las tumbas de su padre don Diego y, sobre todo, de doña Inés, a la que ya amaba. Se reencuentra con algunos viejos amigos, el capitán Centellas y Avellaneda, y los invita a cenar, y hace extensiva la invitación al fantasma de don Gonzalo. Celebrándose ese banquete, acude la estatua del difunto y le pide que se arrepienta y enmiende enseguida su vida porque pronto morirá. Lo mismo le pide el fantasma de doña Inés, a quien muestra su amor, a través del cual morirá físicamente pero salvará su alma.

Ambientada la obra en torno a 1545, en una sola noche se desarrolla toda la parte primera, tal y como explica Zorrilla en la acotación inicial del drama. Sin embargo, como se explica en la anotación del texto, el poeta criticó en sus *Recuerdos del tiempo viejo* la imposibilidad de que tantos sucesos ocurran en tan poco espacio de tiempo: la obra comenzaría poco antes de las ocho de la tarde, pues a esa hora comienza la resolución de la apuesta entre don Juan y don Luis; a las nueve don Juan ya ha sido encarcelado, se ha escapado, ha concertado citas con doña Ana y doña Inés y ha acudido a la primera; a las diez rapta a doña Inés y, antes de que acabe la noche, la lleva a su quinta a las afueras de Sevilla, declaran su amor, llegan don Luis y don Gonzalo, mueren ambos y Tenorio huye, y finaliza el cuarto acto con las pesquisas de la justicia.

La parte segunda acontece cinco años después, pero también en una noche, y en ese breve período de tiempo Tenorio llega al panteón familiar, recuerda a los que están allí enterrados, celebra un banquete con dos amigos y un fantasma a los que antes había invitado, se debate para salvar su alma y muere. Rodríguez y Cornejo-Patterson asumen que el drama está dividido en dos noches (una explícita y otra deducible) vinculadas a las vertientes humana y divina: la noche de carnaval en la parte primera y la de san Juan en la segunda.[33]

La cuestión del tiempo preocupó mucho al dramaturgo, y dejó constancia de ello en las distintas referencias que hace a la hora en el drama y, sobre todo, en el motivo de los plazos que deben cumplirse y que vertebran el texto a través de incidentes climáticos a su alrededor.

En la prehistoria de la obra se fijó el plazo de un año para resolver la apuesta inicial, y el clímax llega cuando don Juan vence en esta justa y su padre, don Diego, y don Gonzalo, mantienen un enfrentamiento dialéctico con él. De esa disputa nacen dos plazos nuevos: uno de un día y otro de minutos. El primero de ellos es la planificada boda entre don Luis y doña Ana para el día siguiente, que no llegará a cumplirse por la tensión dramática que provoca don Juan al querer cortejar a la prometida de su rival. El segundo sí se cumple, alrededor de una hora después de la resolución de la apuesta, y es la visita de don Juan a doña Ana, que aquel había adelantado a don Luis. El incidente climático propio de este nuevo plazo se producirá al término de la parte primera.

Más tarde acude puntual a cumplir con otro plazo: el rapto de doña Inés. Al acabar el acto cuarto llegan los responsa-

33 Alfred Rodríguez y Deanna Cornejo-Patterson, «La estructura mítico-tradicional del *Don Juan Tenorio* de Zorrilla», *RILCE*, IV, 2 (1988), p. 47.

bles de la honra de las mujeres con las que ha estado don Juan y se producen sendos enfrentamientos, con resultados de muerte, siendo estos los dos hechos climáticos referidos a los dos plazos inmediatamente anteriores.

En la parte segunda dos son los plazos que se marca y se le marcan a don Juan. En el primero de ellos el galán invita a una cena que se producirá esa misma noche a Centellas, a Avellaneda y al fantasma de don Gonzalo. El hecho climático se produce cuando el muerto acude a ese convite. A partir de ahí se propone a don Juan el último plazo de la pieza: tiene un día antes de morir para enmendar sus errores y arrepentirse. El final del drama muestra el clímax del momento, cuando Tenorio, a través del amor a doña Inés, se adscribe *in extremis* a la fe en Dios y muere logrando salvar su alma.

Son asimismo interesantes los espacios en los que se desarrolla la acción, que responden a una estructura de cuadros bien diferenciados: la hostería de Buttarelli (donde se resuelve la apuesta del comienzo), la casa de doña Ana (a la que acude don Juan para cumplir otra apuesta), el convento de las calatravas (de donde el galán rapta a doña Inés) y la quinta de don Juan (donde se produce la declaración de amor y Tenorio mata a su rival y al padre de su amada). En cuanto a la parte segunda, son dos los espacios principales: el panteón de la familia Tenorio (donde don Juan reflexiona sobre su vida, conoce la muerte de doña Inés y se produce la escena final de arrepentimiento y salvación) y la casa del galán (en la que se desarrolla el banquete y donde don Juan recibe la noticia del plazo final de su vida).

La disposición escenográfica está bien construida por Zorrilla a través de las abundantes y profusas acotaciones que introduce en el drama, con las que distribuye los elementos de los espacios con un detalle y efectismo magistrales, que permiten diferenciar con claridad los dos planos en los que se desarrolla el drama: el humano y el divino.[34] El vallisoletano no deja casi ningún punto de la escena sin completar, aunque advierte, en ocasiones, de la libertad del director del montaje para colocar ornato dentro de los límites señalados por él mismo.

En la parte segunda cobran especial importancia los efectos lumínicos que se dirigen a los protagonistas[35] y, en cualquier caso, todos los elementos tomados de la comedia de magia, tan palpables en esta segunda fase de la obra, como se ha explicado. Así, como señalan Oliva y Maestre, los dramaturgos de la comedia de magia de mediados del siglo XIX sacrificaban cualquier elemento que tuviera escasa relación con la espectacularidad.[36] Aunque Zorrilla no se abandonó del todo a los efectos lumínicos, musicales o de movimiento, es cierto que tienen mayor relevancia que en la parte primera, acaso para reforzar la transgresión corpórea que inunda el final de la pieza. Los elementos escenográficos de teatralidad (apartes, entradas y salidas de personajes, elementos paralingüísticos o gestuales) fueron sistematizados por Fuente y Gutiérrez.[37]

[34] Jesús Rubio Jiménez, «*Don Juan Tenorio*, drama de espectáculo: plasticidad y fantasía», *Cuadernos de Investigación Filológica*, XV, 1-2 (1989), p. 20.

[35] Ermanno Caldera, «Siglo XIX», en Andrés Amorós y José María Díez Borque, coords., *Historia de los espectáculos en España*, Madrid, Castalia, 1999, p. 92.

[36] César Oliva y Rafael Maestre, «Espacio y espectáculo en la comedia de magia de mediados del siglo XIX», en F. J. Blasco, E. Caldera, J. Álvarez Barrientos y R. de la Fuente, eds., *La Comedia de Magia y de Santos*, Madrid, Júcar, 1992, p. 425.

[37] Ricardo de la Fuente Ballesteros y Fabián Gutiérrez Flores, «La "teatralidad" en el *Don Juan Tenorio* de Zorrilla», *Crítica Hispánica*, XVII, 1 (1995), pp. 65-80.

4.3. Los personajes y su evolución

Zorrilla no propone en su *Don Juan Tenorio* unos agonistas estáticos y sin evolución, que sean fieles representantes de convicciones que no evolucionan con el devenir de la obra, insensibles a sus procesos personales. Al contrario, el dramaturgo vallisoletano asume algunos elementos propios de la tradición del mito donjuanesco, pero reelabora algunas de sus características y añade otras nuevas, consiguiendo que sus personajes, especialmente los protagonistas, encajen a la perfección en el contexto estético social y literario de la época y en el propio drama.

Don Juan Tenorio es un personaje construido sobre la base de una profundidad psicológica y evolutiva destacada. Es el protagonista máximo de la obra y es el referente de los ideales de su propia leyenda, pero también es un punto de inflexión en ella, porque su influencia en los donjuanes posteriores es notoria. Fernández Cifuentes destaca que todo gira en torno a don Juan y este acapara funciones que habían desempeñado otros personajes en versiones anteriores del mito.[38]

El personaje de don Juan tiene dos grandes momentos en su concepción vital, que se adscriben, cada uno de ellos, a las dos partes del drama. En la primera Zorrilla se encarga de las pasiones humanas que ponen de manifiesto la naturaleza tópica del personaje, que había recogido la tradición, y por eso don Juan es un héroe de la literatura romántica equiparable a los que nos encontramos en otras obras cercanas. No se erige en el garante de una libertad colectiva que culmine en la ciudadanía ejemplar, como propugnaban los

[38] José Zorrilla, *Don Juan Tenorio*, Luis Fernández Cifuentes, ed., *op. cit.*, p. 214.

neoclásicos, sino en el defensor de su libertad individual, entendida, en este caso, como un pretexto para hacer y deshacer lo que se le antoje, siguiendo sus conveniencias personales y sin pensar en nada ni en nadie más, lo que le otorga ciertos tintes diabólicos, como subraya Egido[39] y lo definen algunos personajes. Por eso no duda en conquistar a cuantas más mujeres le sea posible ni en buscar aventuras o dislates que revaloricen su brazo y su espada. No es fiel a sus amigos, pues incluso se atreve a arrebatar esposas (como en el caso de don Luis y doña Ana), y desde luego no es fiel al amor, sino a su pasión. No duda en «manipular acción y personajes»[40] a su antojo.

Este carácter va cambiando progresivamente a lo largo del acto cuarto, cuando ya don Juan está de veras enamorado de doña Inés y esta ha dejado de ser el premio de una apuesta. Pero será en la parte segunda cuando Tenorio se encuentre ante los conflictos internos más poderosos, los cuales ya se adscriben a un drama tardorromántico que refleja ideas conservadoras, siempre menos liberales que las de la parte primera. Gallego Morell observaba que en el *Tenorio* de Zorrilla «confluyen dos tradiciones literarias: la del *Burlador*, y la del *Convidado de piedra*, que se corresponden con las dos partes en que el autor divide su obra».[41]

Ahora don Juan va asumiendo poco a poco los designios de la doctrina cristiana y de la Providencia; él, que había ma-

[39] Aurora Egido, «Sobre la demonología de los burladores (de Tirso a Zorrilla)», *Cuadernos de Teatro Clásico*, 2 (1988), p. 52.

[40] Roberto G. Sánchez, «Cara y cruz de la teatralidad romántica (*Don Álvaro* y *Don Juan Tenorio*)», *Ínsula*, 336 (1974), p. 23.

[41] Antonio Gallego Morell, «Pervivencia del mito de don Juan en el *Tenorio* de Zorrilla», en VV. AA., *El teatro y su crítica*, Málaga, Instituto de Cultura de la Diputación de Málaga, 1975, pp. 142-143.

nifestado su falta de fe, implora el perdón divino para salvar aquello que le preocupaba en los instantes postreros de su vida: su alma. Sabe de los pecados que ha cometido, asume su responsabilidad (como señalaba Muñoz González)[42] y hace intentos de enmienda y de conversión, aunque con algunas recaídas que le llevan a una resignación estoica. Pero la fe en Dios que logra a través del amor puro y verdadero que siente por doña Inés le permite morir en paz y salvar su alma para la vida eterna, algo que no conseguían los héroes románticos y por lo que este don Juan de Zorrilla se preocupa por vez primera.

Carlos Latorre (1799-1851) fue un intérprete especializado en tragedias clásicas que se convirtió en el primer actor del Teatro del Príncipe a los veintisiete años.[43] Representó con maestría a don Juan en el estreno del drama en 1844 y cosechó mucho éxito por ello.[44] José Calvo también representó a Tenorio, aunque «el Don Juan que él hacía, era un Don Juan desamorado».[45]

Doña Inés de Ulloa es ejemplo de virtudes, pero la virtud que Zorrilla destaca en ella y por la que se enamora Don Juan es la ignorancia. La dama ha vivido enclaustrada toda su vida en el convento de monjas de la Orden de Calatrava en Sevilla, y no ha conocido allí los sabores y sinsabores de la vida humana y del amor mundano, pues ha estado imbuida de la contemplación divina y del amor a Dios. Por eso cuando se le plantea, avanzado el drama, la posibilidad de ser

[42] Luis Muñoz González, «*Don Juan Tenorio*, la personalización del mito», *Estudios Filológicos*, 10 (1974-1975), p. 121.

[43] Manuel Gómez García, *Diccionario Akal de teatro*, Madrid, Akal, 1998, pp. 463-464.

[44] Luis Calvo Revilla, *Actores célebres del Teatro del Príncipe o Español. Siglo* XIX, Madrid, Imprenta Municipal, 1920, pp. 78-79.

[45] *Ibid.*, p. 172.

la amante de don Juan, se produce en ella un conflicto interior que la lleva desde la negación absoluta al amor sincero, pasando por el desconocimiento del proceso que está viviendo y por la rendición ante los destinos del amor. Esta evolución de doña Inés es más sutil que la de don Juan, y precisamente ese sosiego y esa pureza serán las que le permitan erigirse en mediadora de gracias y corredentora de la salvación divina, con claras referencias a las facultades de la Virgen María.[46] Teniendo esas potestades consigue que don Juan cambie su forma de vida y deje de ser un seductor para convertirse en un fiel enamorado, y a través de ese amor puro, que es casi divino, alcanza la salvación de Dios, que tanto preocupa a Tenorio en los últimos momentos de su existencia. En palabras de Díaz-Plaja: «Redime al pecador de amor con el amor mismo».[47] Hay que destacar, asimismo, la fidelidad de doña Inés hacia Dios y hacia don Juan, para quien no pide justicia a pesar de descubrir que es el asesino de su padre y a quien espera en el purgatorio durante cinco años para salvarse al unísono. Zorrilla se sintió especialmente orgulloso de este personaje:

> Yo tengo orgullo en ser el creador de Doña Inés y pena por no haber sabido crear a Don Juan. El pueblo aplaude a este y le ríe sus gracias, como su familia aplaudiría las de un calavera mal criado; pero aplaude a Doña Inés, porque ve tras ella un destello de la doble luz que Dios ha encendido en el alma del poeta: la inteligencia

[46] Véase Vicente Llorens, «El oportunismo de Zorrilla», en *Homenaje a José Manuel Blecua ofrecido por sus discípulos, colegas y amigos*, Madrid, Gredos, 1983, p. 368.

[47] Guillermo Díaz-Plaja, *Geografía e Historia del mito de Don Juan*, Barcelona, Casa Provincial de Caridad, 1944, p. 23.

y la fe. Don Juan desatina siempre; Doña Inés encauza siempre las escenas que él desborda.[48]

Bárbara Lamadrid (1812-1893), sobrenombre de Bárbara Hervella Cano, era compañera de Carlos Latorre[49] y representó a doña Inés en el estreno del *Tenorio* y, como recoge Calvo Revilla, no lo hizo con la pasión juvenil a que después acostumbraron sus sucesoras.[50]

Don Gonzalo de Ulloa es comendador de la Orden de Calatrava, y se le presupone honor. En varias ocasiones repite que su función principal en el drama es ser el garante de la honra de su hija, doña Inés, antes que caballero, por lo que no dudará en pasar como villano si la situación lo requiere: bien enmascarándose y bajando a la hostería de Buttarelli para comprobar la infame gloria de don Juan y velar por su hija, bien insultando a la abadesa del convento en el que estaba doña Inés. Para defender a su hija acude a la quinta de don Juan y allí recibe la muerte de manos de Tenorio. Es también un personaje dinámico, y encontramos su principal cambio a partir de la parte segunda, cuando se aparece como estatua fantasmagórica para avisar a don Juan de que intente remediar sus culpas si quiere salvarse para la eternidad. Incluso lo llama «amigo». En este momento la función principal de don Gonzalo no es proteger a su hija, sino servir de nexo de unión, como mensajero divino, entre don Juan y la salvación. El actor Pedro López representó a don Gonzalo por primera vez.

48 José Zorrilla, *Recuerdos del tiempo viejo*, *op. cit.*, pp. 103-104.

49 Manuel Gómez García, *Diccionario Akal de teatro...*, *op. cit.*, p. 459.

50 Luis Calvo Revilla, *Actores célebres del Teatro del Príncipe o Español...*, *op. cit.*, p. 72.

Don Luis Mejía es un antagonista de don Juan. Ambos tienen un origen común: son rivales de fechorías y de conquistas amorosas e intentan imponerse uno al otro para vanagloriarse de su fama. Sin embargo, don Luis ya muestra un cambio desde el inicio de la obra: ha decidido abandonar la vida que había llevado hasta ese momento comprometiéndose a contraer matrimonio con doña Ana de Pantoja, hecho que no podrá llevar a cabo por la traición de don Juan, considerados el uno al otro amigos y competidores. A partir de ese punto de inflexión don Luis ya asume que don Juan es más malvado de lo que creía, como le sucederá, más tarde, a Brígida. Durante toda la parte primera funciona como un agonista con constantes apariciones en escena para defender su honor, hasta que don Juan acaba con su vida. Pedro Lumbreras, actor considerado discípulo de Latorre, representó a don Luis en el estreno.[51]

Doña Ana de Pantoja es un personaje secundario, marcado por la debilidad y volubilidad de su carácter, que va desde el fiel compromiso matrimonial con don Luis hasta la permisividad y apertura para que don Juan pueda acercarse a ella a pesar de que reiteraba su negativa a su prometido.

Brígida y Lucía son dos personajes con un recorrido bien definido, fundamentado en permitir a don Juan las conquistas amorosas de las que Zorrilla da cuenta en el transcurso del drama. Brígida, de claro corte celestinesco, es de mayor complejidad que Lucía, y mantiene tratos tanto con Tenorio como con doña Inés, incitando a esta a cambiar el amor divino por el humano a través de don Juan. Brígida perturba la calma, la honra y santidad del

[51] Manuel Gómez García, *Diccionario Akal de teatro...*, *op. cit.*, p. 497.

convento de las calatravas hispalenses y facilita el rapto de la dama por el galán, aunque después, como don Luis, entiende la verdadera naturaleza del carácter de don Juan y pueden atribuírseles ciertos tintes de arrepentimiento. Lucía, por su parte, favorece la conversación de Tenorio con doña Ana.

A partir de ahí vamos encontrando personajes de menor relevancia para la obra, sobre todo porque evolucionan menos o nada y desempeñan funciones muy restringidas y puntuales. Así, el capitán Centellas y don Rafael de Avellaneda son amigos de don Juan y asisten, con él, a la apuesta inicial y al convite sepulcral de la parte segunda, aunque acaban mal con Tenorio; Marcos Ciutti es criado de don Juan y solo le sirve y es su confidente (fue interpretado por Calatañazor en el estreno); el escultor aparece en el acto primero de la parte segunda e introduce a don Juan, en el panteón, en sus conflictos interiores por culpas pasadas; don Diego Tenorio, padre de don Juan, acude a la hostería de Buttarelli para comprobar la mala fama de su hijo y sufre un agravio por parte de este (le toca la cara); la abadesa y la tornera de las calatravas de Sevilla residen en dicho convento y se les supone, sobre todo a la primera, que deben proteger a las novicias, como era doña Inés, que fue raptada; Cristófano Buttarelli es el dueño de la hostería donde se resuelve la apuesta, Miguel trabaja con él, y Gastón es criado de don Luis, mientras que Pascual es su amigo. Además, aparecen alguaciles, pajes, caballeros y otros personajes circunstanciales.

4.4. Los temas planteados en el drama

Zorrilla propone en *Don Juan Tenorio* el tratamiento de una serie de contenidos que aparecen vinculados en la obra.

A lo largo de las páginas precedentes los hemos citado, aunque procede caracterizarlos particularmente: el amor, el honor, la libertad y la religión. Esta lista no pretende ser exhaustiva, pues aparecen otros temas más o menos relacionados con los anteriores, como las relaciones entre padres e hijos (don Diego-don Juan y don Gonzalo-doña Inés) o el de la amistad (don Juan-Centellas-Avellaneda y don Juan-don Luis); lo que aquí pretendemos es abordar con mayor detenimiento aquellos que tienen un recorrido mayor en la pieza.

El amor es una constante en todo el drama,[52] y son varios los personajes que participan de él, aunque será el carácter de cada agonista el que determinará la naturaleza o tipo de amor que se aborde. Encontramos un amor pasional e interesado, fruto del libertinaje de dos personajes: don Luis y, sobre todo, don Juan. Durante la resolución de la apuesta que se produce al comienzo de la obra, ambos hacen gala de las innumerables conquistas amorosas que han cosechado a lo largo del último año, denotando un componente misógino que está presente en estos dos personajes.

Recuérdense, a este respecto, las palabras de Tenorio a propósito de los días que dedica a cada mujer:

DON JUAN Uno para enamorarlas,
otro para conseguirlas,

[52] Caldera destaca que el sentimiento amoroso del protagonista fue especialmente explotado por primera vez por Zorrilla: Ermanno Caldera, «El amor y el tiempo en el *Don Juan Tenorio*», en Javier Blasco Pascual, Ricardo de la Fuente Ballesteros y Alfredo Mateos Paramio, eds., *Actas del Congreso sobre José Zorrilla. Una nueva lectura*, Valladolid, Universidad de Valladolid y Fundación Jorge Guillén, 1995, p. 15.

otro para abandonarlas,
dos para sustituirlas
y un hora para olvidarlas. (vv. 686-690)

Pero más allá de la prehistoria del drama, es don Juan el representante de este amor, pues es el que, con tal fin, consigue a doña Ana de Pantoja e intenta aproximarse a doña Inés, aunque, en este caso, el amor evolucionará, como veremos a continuación. No pueden olvidarse los papeles de tercería que desempeñan Lucía y Brígida en este amor pasional y arrebatado, donde el componente sexual es trascendental.

Pero la relación que don Juan mantendrá con doña Inés es muy distinta, pues lo que en principio fue una apuesta ahora se ha tornado en verdadero amor, más puro y sincero, a pesar de las reticencias iniciales de la dama y de la oposición de don Gonzalo. El drama ha avanzado, y con él don Juan, y con él su concepción sobre el amor, que ya no debe ser solo producto de una pasión descontrolada que hay que satisfacer a toda costa, sino que la virtud de una dama (como la candidez de doña Inés) permite al más fiero demonio enamorarse de un modo sincero y cambiar su destino. Y es el amor que Tenorio profesa a la dama el que permitirá la salvación de su alma; si doña Inés no hubiera aparecido en la vida de don Juan y con paciencia y templanza infinitas no hubiera conseguido el amor sincero de Tenorio, este habría condenado su alma; sin embargo, la salvación en clave religiosa se obtiene a partir de un amor terrenal que es tan puro como lo puede ser el divino.

Aunque con menor recorrido, el amor divino también está presente en la obra, acaso de forma implícita: es el amor de doña Inés a Dios durante el tiempo que ha permanecido en el convento. Sin duda, la santidad de esta dama y su capacidad para redimir al pecador don Juan y conseguir un amor sincero por su parte están atemperadas por la oración y por el amor divino que se presuponen a doña Inés.

El honor es otro de los contenidos que están presentes en el *Tenorio*. Aunque participan de él desde una perspectiva negativa, no son don Juan o don Luis sus mejores representantes, sino aquellos que se erigen en garantes de la honra: don Diego, don Gonzalo y doña Inés. La fugaz aparición del padre de don Juan supone un momento climático en el que su hijo le toca la cara, siendo este un signo de deshonra para la nobleza y los hidalgos. Pero el honor está fielmente representado por don Gonzalo, un caballero de Calatrava al que se le presupone, y que, además, debe preservar el de su hija, doña Inés, que está siendo ultrajada por Tenorio. Muere, en efecto, en defensa del honor de su hija. Doña Inés también es garante de su propia honra, y así lo manifiesta a Brígida cuando esta intenta someterla, a través de la tercería, al amor de don Juan.

La libertad del individuo frente a los distintos ambientes que se le presentan es un contenido del todo romántico. Parece claro que don Juan Tenorio es el mejor representante de este tema en el drama homónimo. Pero sobre todo en la parte primera de la obra, la más puramente romántica. Don Juan es un libertino que no duda en deshonrar a su padre y a su casa para salirse con la suya. No valora en nada la amistad si ello supone ganar una apuesta. Se divierte matando, estafando, comprando con dinero y riéndose de todos aquellos infelices que utiliza para su propio beneficio. Conquista a cuantas mujeres tiene a su alcance sin ningún otro afán que el goce personal y la vanagloria del número de relaciones amorosas para alardear de su fama. No cree en la predestinación y confía en sí mismo como director de su propio sino, circunstancia que variará en la parte segunda, cuando asume la fe cristiana y la Providencia.

El tema de la religión es el contrapunto tardorromántico, en el caso de don Juan, a su libertinaje. El romanticismo español está teñido de aspectos eclesiásticos, que lo particularizan con respecto al de otros países. La conversión que experimenta Tenorio en la parte segunda a través del sacro amor por doña Inés, de aceptar su responsabilidad y de la petición de perdón constituyen las bases de la salvación de su alma. Para Becerra Suárez el drama zorrillesco aúna tanto la salvación religiosa del héroe que se había perdido como la «feminización del mito», que permitía otorgar un papel destacado a la mujer, en este caso como mediadora de la salvación y no como mero objeto.[53] Don Juan acepta la predestinación y los designios divinos, y ahora ya no cree que sea dueño de su vida y de su futuro. El tema también es cultivado por doña Inés y por todo el ambiente relacionado con el convento en el que profesó su noviciado. No puede olvidarse, por otro lado, que el dramaturgo combina,[54] en la parte segunda, la magnificencia del tema religioso con el éxito temático y escenográfico de la comedia de magia, como las apariciones fantasmagóricas y los ambientes sepulcrales.

4.5. Zorrilla y la recepción de su *Tenorio*

El 28 de marzo de 1844 se estrenó *Don Juan Tenorio* en el Teatro de la Cruz de Madrid. La recepción fue desigual: se

[53] Carmen Becerra Suárez, *Mito y Literatura (Estudio comparado de Don Juan)*, Vigo, Universidade de Vigo, 1997, p. 43.

[54] Héctor R. Romero, «Consideraciones teológicas y románticas sobre la muerte de don Juan en la obra de Zorrilla», *Hispanófila*, 54 (1975), p. 14.

alabó la versificación y la construcción de los personajes protagonistas y se criticó la estructura del drama[55] o el papel de la actriz que encarnó a doña Inés por su edad; en general, se prefirió la parte primera a la segunda.

Diez días antes del estreno José Zorrilla vendió sus derechos al librero Manuel Delgado por 4200 reales de vellón, lo que le reportó numerosos éxitos comerciales a él y a sus herederos sin que el creador viera un real o una peseta. El poeta vallisoletano defendió sus intereses a medida que veía que su obra cosechaba unos éxitos insospechados *a priori* y que se representaba con mucha frecuencia y regularidad en distintos puntos de España y América. Cervera[56] explica los problemas de transmisión, venta, renegociaciones y herencias testamentarias del *Tenorio* y que Zorrilla se sintió desprotegido e intentaba llegar a acuerdos con el editor propietario de la obra, incluso haciendo valer sus derechos de colección y refundición. De hecho, en 1877 convirtió la obra en una zarzuela con el mismo nombre, pero no gozó del mismo éxito.

Como explica Alonso Cortés, para Zorrilla «*Don Juan* era una obra detestable, sin pies ni cabeza, digna de toda reprobación»,[57] e intentó demostrarlo en sus *Recuerdos del tiempo viejo*, argumentando que respetaba los gustos del público y que sus críticas no tenían nada que ver con los dere-

[55] César Hernández Alonso, «Recepción de Zorrilla en la prensa de la época», en Javier Blasco Pascual, Ricardo de la Fuente Ballesteros y Alfredo Mateos Paramio, eds., *op. cit.*, 1995, p. 114.

[56] Francisco Cervera, «Zorrilla y sus editores. El *Don Juan Tenorio*, caso cumbre de explotación de un drama», *Bibliografía Hispánica*, 3 (1944), pp. 147-190.

[57] Narciso Alonso Cortés, «Vuelta a Zorrilla», en *Miscelánea Vallisoletana. Cuarta serie*, Valladolid, Imprenta del Colegio Santiago, 1926, p. 87.

chos de los propietarios de la obra, pero que él consideraba mejorable una pieza que había sido fruto de una noche de insomnio en su juventud, escrita en veintiún días por encargo de Carlos Latorre.

Con todo, el *Tenorio* se estrenó en marzo de 1844 en el Teatro de la Cruz, dirigido por el zaragozano Juan Lombía (1806-1851)[58] y, el 14 de abril, se estrenó en el Teatro del Príncipe de la capital madrileña (llamado Teatro Español a partir de 1849), dirigido entonces por Julián Romea Yanguas (1816-1868).[59] Tras reposiciones en junio y octubre, el 1 de noviembre de ese año se representó por primera vez el Día de Todos los Santos en el Teatro del Príncipe.[60] Un año después de su estreno absoluto, el 2 de abril de 1845, llegó al Teatro Principal de Valencia,[61] donde se hicieron veintidós representaciones en cinco años.[62] También desde los primeros años se representó en Barcelona, donde se programó para el Día de Difuntos en 1847, tradición que

58 Manuel Gómez García, *Diccionario Akal de teatro...*, *op. cit.*, p. 483.

59 *Ibid.*, p. 727.

60 Félix Herrero Salgado, *Cartelera teatral madrileña II: años 1840-1849*, Madrid, Consejo Superior de Investigaciones Científicas, 1963, pp. 24-28. Las numerosas representaciones del período 1854-1864 fueron recogidas por Irene Vallejo y Pedro Ojeda, *El teatro en Madrid a mediados del siglo* XIX*. Cartelera teatral (1854-1864)*, Valladolid, Secretariado de Publicaciones e Intercambio Editorial de la Universidad de Valladolid, 2002.

61 Lucio Izquierdo Izquierdo, «Cartelera Teatral Valenciana (1832-1850)», *Anales de la Real Academia de Cultura Valenciana*, 70 (1992), pp. 139-196.

62 Lucio Izquierdo Izquierdo y Teresa Gil Poy, «Las representaciones dramáticas en Valencia (1832-1850)», *Revista de Literatura*, LIX, 117 (1997), p. 64.

no se asentó con regularidad en Madrid hasta 1860.[63] Hasta ese momento, la obra que se representaba en esas fechas era *No hay plazo que no se cumpla ni deuda que no se pague y Convidado de piedra* de Antonio de Zamora.[64] El *Don Juan Tenorio* sigue representándose hoy en los teatros los días de Todos los Santos y de Difuntos.

El manuscrito autógrafo de *Don Juan Tenorio* pertenece a la Real Academia Española, que lo editó en facsímil en 1974. La primera edición del drama la realizó Manuel Delgado en Madrid, en la imprenta de Repullés, en 1844, y fue utilizada en 1845 y 1849 por la misma imprenta, en 1846 por Antonio Yenes en Madrid y, en 1847, por Baudry, en París.

Fue corregida y avalada por el autor para su inclusión en el tomo segundo («Obras dramáticas») de las *Obras de D. José Zorrilla*, publicadas en París, por Baudry, en 1852, última edición renovada publicada en vida del autor, que volvió a revisarla para sus obras completas.

Con el paso del tiempo se fueron publicando algunas ediciones hasta la que se consideró canónica, la de Narciso Alonso Cortés, que vio la luz en Valladolid, en Santanrén, en 1943. A partir de los años setenta se sucedieron varias, algunas reimpresas en la actualidad. Entre ellas podemos citar la de Aniano Peña para Cátedra en 1999, las de Luis Fernández Cifuentes para Crítica en 2007 y para la Real Academia Española en 2012, las de Jean-Louis Picoche para Debolsillo y Juan

[63] Hans Mattauch, «La implantación del rito del *Tenorio* en Madrid (1844-1877)», en Javier Blasco Pascual, Ricardo de la Fuente Ballesteros y Alfredo Mateos Paramio, eds., *op. cit.*, 1995, pp. 411-412.

[64] María Jesús García Garrosa, «*No hay plazo que no se cumpla ni deuda que no se pague, y convidado de piedra*: La evolución de un mito de Tirso a Zorrilla», *Castilla*, 9-10 (1985), p. 46.

Francisco Peña para Espasa en 2014 o las de David T. Gies para Castalia y Enrique Gallud Jardiel para Verbum en 2016.

5. Bibliografía selecta

5.1. Ediciones

López de Ayala, Adelardo, *El nuevo Don Juan*, Madrid, Establecimiento Tipográfico de T. Fortanet, 1863.

Molina, Tirso de, *El burlador de Sevilla*, Francisco Florit Durán, ed., Barcelona, Penguin Clásicos, 2015.

Valle-Inclán, Ramón del, «El Marqués de Bradomín. Coloquios románticos», en *Comedias bárbaras*, Ignacio Echevarría, ed., Barcelona, Debolsillo, 2017.

Zorrilla, José, *Don Juan Tenorio*, en *Obras de D. José Zorrilla. Nueva edición corregida, y la sola reconocida por el autor, con su biografía por Ildefonso de Ovejas*, tomo II, París, Baudry, 1852, pp. 428-471.

—, *Don Juan Tenorio*, ed. facsímil del autógrafo propiedad de la Real Academia Española, Madrid, Real Academia Española, 1974.

—, *Don Juan Tenorio*, Aniano Peña, ed., Madrid, Cátedra, 1999.

—, *Don Juan Tenorio*, Luis Fernández Cifuentes, ed., Barcelona, Crítica, 2007.

—, *Don Juan Tenorio*, Luis Fernández Cifuentes, ed., Madrid, Real Academia Española, 2012.

—, *Don Juan Tenorio*, Jean-Louis Picoche, ed., Barcelona, Debolsillo, 2014.

—, *Don Juan Tenorio*, Juan Francisco Peña, ed., Barcelona, Espasa, 2014.

—, *Don Juan Tenorio*, David T. Gies, ed., Madrid, Castalia, 2016.

—, *Don Juan Tenorio*, Enrique Gallud Jardiel, ed., Madrid, Verbum, 2016.
—, *Recuerdos del tiempo viejo*, Eduardo Torrilla, ed., Madrid/Barcelona, Fundación Dos de Mayo, Nación y Libertad/Espasa, 2012.

5.2. Estudios

Aguirre, José María, «Las dos noches de Don Juan Tenorio», *Segismundo*, XIII, 25-26 (1977), pp. 213-256.
Alonso Cortés, Narciso, «Vuelta a Zorrilla», en *Miscelánea Vallisoletana. Cuarta serie*, Valladolid, Imprenta del Colegio Santiago, 1926, pp. 81-102.
—, *Zorrilla, su vida y sus obras*, Valladolid, Santarén, 1943.
Álvarez Barrientos, Joaquín, «Aproximación a la incidencia de los cambios estéticos y sociales de finales del siglo xviii y comienzos del xix en el teatro de la época: comedias de magia y dramas románticos», *Castilla*, 13 (1988), pp. 17-33.
—, *La comedia de magia del siglo xviii*, Madrid, Consejo Superior de Investigaciones Científicas, 2011.
Baquero Goyanes, Arcadio, *Don Juan y su evolución dramática. El personaje teatral en seis comedias españolas*, Madrid, Editora Nacional, 1966.
—, *Don Juan, siempre Don Juan (Todos los Tenorios del teatro español)*, Madrid, Fundación Premios Mayte, 2005.
Barlow, Joseph W., «Zorrilla's Indebtedness to Zamora», *Romanic Review*, XVII (1926), pp. 303-318.
Becerra Suárez, Carmen, *Mito y Literatura (Estudio comparado de Don Juan)*, Vigo, Universidade de Vigo, 1997.
Caldera, Ermanno, «La última etapa de la comedia de magia», en Giuseppe Bellini, ed., *Actas del Séptimo*

Congreso de la Asociación Internacional de Hispanistas, Roma, Bulzoni, 1982, vol. I, pp. 247-253.

—, «La magia nel teatro romantico», en Ermanno Caldera, ed., *Teatro di magia*, Roma, Bulzoni, 1983, pp. 185-205.

—, «La fórmula de Salvo y Vela», en F. J. Blasco, E. Caldera, J. Álvarez Barrientos y R. de la Fuente, ed., *La Comedia de Magia y de Santos*, Madrid, Júcar, 1992, pp. 321-339.

—, «El amor y el tiempo en el *Don Juan Tenorio*», en Javier Blasco Pascual, Ricardo de la Fuente Ballesteros y Alfredo Mateos Paramio, eds., *Actas del Congreso sobre José Zorrilla. Una nueva lectura*, Valladolid, Universidad de Valladolid y Fundación Jorge Guillén, 1995, pp. 13-23.

—, «Siglo XIX», en Andrés Amorós y José María Díez Borque, coords., *Historia de los espectáculos en España*, Madrid, Castalia, 1999, pp. 87-103.

—, *El teatro español en la época romántica*, Madrid, Castalia, 2001.

Calvo Revilla, Luis, *Actores célebres del Teatro del Príncipe o Español. Siglo XIX*, Madrid, Imprenta Municipal, 1920.

Cervera, Francisco, «Zorrilla y sus editores. El *Don Juan Tenorio*, caso cumbre de explotación de un drama», *Bibliografía Hispánica*, 3 (1944), pp. 147-190.

Checa Beltrán, José María, «La comedia de magia en la crítica neoclásica y romántica», en F. J. Blasco, E. Caldera, J. Álvarez Barrientos y R. de la Fuente, eds., *La Comedia de Magia y de Santos*, Madrid, Júcar, 1992, pp. 383-393.

Díaz-Plaja, Guillermo, *Geografía e Historia del mito de Don Juan*, Barcelona, Casa Provincial de Caridad, 1944.

Egido, Aurora, «Sobre la demonología de los burladores

(de Tirso a Zorrilla)», *Cuadernos de Teatro Clásico*, 2 (1988), pp. 37-54.
FUENTE BALLESTEROS, Ricardo de la y GUTIÉRREZ FLORES, Fabián, «La "teatralidad" en el *Don Juan Tenorio* de Zorrilla», *Crítica Hispánica*, XVII, 1 (1995), pp. 65-80.
GALLEGO MORELL, Antonio, «Pervivencia del mito de don Juan en el *Tenorio* de Zorrilla», en VV. AA., *El teatro y su crítica*, Málaga, Instituto de Cultura de la Diputación de Málaga, 1975, pp. 139-155.
GARCÍA BERRIO, Antonio, *La figura de don Juan en el postromaticismo español*, Murcia, Universidad de Murcia, 1967.
GARCÍA GARROSA, María Jesús, «*No hay plazo que no se cumpla ni deuda que no se pague, y convidado de piedra*: La evolución de un mito de Tirso a Zorrilla», *Castilla*, 9-10 (1985), pp. 45-64.
GIES, David T., «Don Juan contra don Juan: apoteosis del romanticismo español», en Giuseppe Bellini, ed., *Actas del Séptimo Congreso de la Asociación Internacional de Hispanistas*, Roma, Bulzoni, 1982, vol. I, pp. 545-551.
—, «*Don Juan Tenorio* y la tradición de la comedia de magia», *Hispanic Review*, 58, 1 (1990), pp. 1-17.
—, «*In re magica veritas*: Enrique Zumel y la comedia de magia en la segunda mitad del siglo XIX», en F. J. Blasco, E. Caldera, J. Álvarez Barrientos y R. de la Fuente, eds., *La Comedia de Magia y de Santos*, Madrid, Júcar, 1992, pp. 433-461.
GIES, David T., *El teatro en la España del siglo XIX*, Madrid, Cambridge, 1996.
GÓMEZ GARCÍA, Manuel, *Diccionario Akal de teatro*, Madrid, Akal, 1998.
HERNÁNDEZ ALONSO, César, «Recepción de Zorrilla en la prensa de la época», en Javier Blasco Pascual, Ricardo de

la Fuente Ballesteros y Alfredo Mateos Paramio, eds., *Actas del Congreso sobre José Zorrilla. Una nueva lectura*, Valladolid, Universidad de Valladolid y Fundación Jorge Guillén, 1995, pp. 109-124.

Herrero Salgado, Félix, *Cartelera teatral madrileña II: años 1840-1849*, Madrid, Consejo Superior de Investigaciones Científicas, 1963.

Izquierdo Izquierdo, Lucio, «Cartelera Teatral Valenciana (1832-1850)», *Anales de la Real Academia de Cultura Valenciana*, 70 (1992), pp. 139-196.

— y Gil Poy, Teresa, «Las representaciones dramáticas en Valencia (1832-1850)», *Revista de Literatura*, LIX, 117 (1997), pp. 19-66.

Llorens, Vicente, «El oportunismo de Zorrilla», en *Homenaje a José Manuel Blecua ofrecido por sus discípulos, colegas y amigos*, Madrid, Gredos, 1983, pp. 359-369.

López Martín, Ismael, «Antonio de Zamora frente a Lope de Vega: la comedia de magia dieciochesca y sus antecedentes narrativos en *El peregrino en su patria*», en María Luisa Lobato, Javier San José y Germán Vega, eds., *Brujería, magia y otros prodigios en la literatura española del Siglo de Oro*, Alicante, Biblioteca Virtual Miguel de Cervantes, 2016, pp. 351-381.

Mattauch, Hans, «La implantación del rito del *Tenorio* en Madrid (1844-1877)», en Javier Blasco Pascual, Ricardo de la Fuente Ballesteros y Alfredo Mateos Paramio, eds., *Actas del Congreso sobre José Zorrilla. Una nueva lectura*, Valladolid, Universidad de Valladolid y Fundación Jorge Guillén, 1995, pp. 409-415.

Mas-López, Edita, «El Don Juan del romanticismo poético del siglo xix y el Don Juan realista del siglo xx», *Letras de Deusto*, 15, 33 (1985), pp. 155-164.

Mayberry, Nancy K., «*Don Juan Tenorio* as the End-Marker

of Spanish Romanticism», *Crítica Hispánica*, XVIII, 1 (1996), pp. 124-133.

Muñoz González, Luis, «*Don Juan Tenorio*, la personalización del mito», *Estudios Filológicos*, 10 (1974-1975), pp. 93-122.

Navas Ruiz, Ricardo, *El Romanticismo español*, Madrid, Cátedra, 1990.

Octavio Picón, Jacinto, «D. Adelardo López de Ayala», en Pedro de Novo y Colson, ed., *Autores dramáticos contemporáneos y joyas del teatro español del siglo xix*, Madrid, Imprenta de Fortanet, tomo II, 1882, pp. 377-399.

Oliva, César y Maestre, Rafael, «Espacio y espectáculo en la comedia de magia de mediados del siglo xix», en F. J. Blasco, E. Caldera, J. Álvarez Barrientos y R. de la Fuente, eds., *La Comedia de Magia y de Santos*, Madrid, Júcar, 1992, pp. 421-431.

Rodríguez, Alfred y Cornejo-Patterson, Deanna, «La estructura mítico-tradicional del *Don Juan Tenorio* de Zorrilla», *RILCE*, IV, 2 (1988), pp. 47-54.

Romero, Héctor R., «Consideraciones teológicas y románticas sobre la muerte de don Juan en la obra de Zorrilla», *Hispanófila*, 54 (1975), pp. 9-16.

Rubio Jiménez, Jesús, «*Don Juan Tenorio*, drama de espectáculo: plasticidad y fantasía», *Cuadernos de Investigación Filológica*, XV, 1-2 (1989), pp. 5-24.

Sánchez, Roberto G., «Cara y cruz de la teatralidad romántica (*Don Álvaro* y *Don Juan Tenorio*)», *Ínsula*, 336 (1974), pp. 21-23.

Valbuena Prat, Ángel, «El Don Juan Español del Romanticismo poético», en *Historia del teatro español*, Barcelona, Noguer, 1956, pp. 499-526.

Vallejo, Irene, «El *Don Juan* que pudo ver Zorrilla: Una

refundición de la comedia *No hay plazo que no se cumpla ni deuda que no se pague, y convidado de piedra* de A. de Zamora», en José Carlos de Torres Martínez y Cecilia García Antón, coords., *Estudios de literatura española de los siglos* XIX *y* XX. *Homenaje a Juan María Díez Taboada*, Madrid, Consejo Superior de Investigaciones Científicas, 1998, pp. 415-421.

— y Ojeda, Pedro, *El teatro en Madrid a mediados del siglo* XIX. *Cartelera teatral (1854-1864)*, Valladolid, Secretariado de Publicaciones e Intercambio Editorial de la Universidad de Valladolid, 2002.

6. Esta edición

La edición de *Don Juan Tenorio* que se presenta sigue la publicada en 1852 por la casa Baudry de París, incluida en el tomo II («Obras dramáticas») de las *Obras de D. José Zorrilla*, revisada y corregida por él, que fue la última publicada, con dichas características, en vida del autor. Se ha cotejado con la edición facsimilar del manuscrito autógrafo de José Zorrilla, publicada por la Real Academia Española en 1974, y con las ediciones modernas que se citan en la bibliografía.

Se intenta ofrecer un texto adaptado a una lectura actual, por lo que se tiende a regularizar la ortografía, la acentuación y la puntuación, sin que ello perjudique la métrica de los versos o lo que, a nuestro juicio, es destacable en la forma o en el fondo de la obra, de lo que se da oportuna referencia en nota al pie.

La anotación, lejos de ser profusa, pretende aclarar aspectos relativos a los procesos históricos, sociales, políticos, culturales y literarios de la época, así como cuestiones de estilo y vocabulario. En este sentido, para las definiciones literales generalmente se ha utilizado el *Diccionario de la lengua castellana* publicado por la Real Academia Española en 1843, ya que esta novena edición es la más cercana a la fecha de escritura del drama; el uso de otra obra se especifica.

DON JUAN TENORIO

Drama religioso-fantástico en dos partes

Al señor

DON FRANCISCO LUIS DE VALLEJO[1]

en prenda de buena memoria,

su mejor amigo,

JOSÉ ZORRILLA.

Madrid, marzo de 1844

[1] José Zorrilla, padre del autor, fue un reconocido absolutista. Así, a la muerte del rey Fernando VII en 1833 fue desterrado a Lerma (Burgos). Vallejo ejerció como corregidor de dicho municipio en 1835. Entablaron amistad y siempre le tuvo aprecio, en parte por la protección que dispensó a su familia durante su destierro. Escribe en sus *Recuerdos del tiempo viejo* que «Paco Vallejo volvió de La Habana, y yo le dediqué mi *Don Juan Tenorio*, para que su nombre viviera con el mío unos cuantos días más después de nuestra muerte; que es lo menos que en nombre mío y de mi padre debo a la memoria del amigo leal y del caballeroso amparador» (Zorrilla, *Recuerdos del tiempo viejo*, *op. cit.*, p. 124).

Personas

Don Juan Tenorio
Don Luis Mejía
Don Gonzalo de Ulloa, *comendador de Calatrava*[2]
Don Diego Tenorio
Doña Inés de Ulloa
Doña Ana de Pantoja
Cristófano Buttarelli
Marcos Ciutti[3]
Brígida
Pascual

[2] La Orden de Calatrava fue fundada en el reino de Castilla en 1158, durante el reinado de Sancho III. Junto con las de Santiago, Alcántara y Montesa, integra el grupo de las cuatro órdenes militares y religiosas españolas, siendo la de Calatrava la más antigua de todas. La dignidad de comendador, inmediatamente inferior a la del gran maestre (que dirigía la orden), tenía la principal función de administrar un territorio a su cargo: la encomienda.

[3] A propósito de la existencia de los personajes Buttarelli y Ciutti escribe Zorrilla en sus *Recuerdos*: «Ciutti, el criado italiano que Jústiz, Allo y yo habíamos tenido en el café del Turco de Sevilla, y Girólamo Buttarelli, el hostelero que me había hospedado el año 42 en la calle del Carmen, cuya casa iban a derribar, y cuya visita había yo recibido el día anterior» (Zorrilla, *Recuerdos del tiempo viejo*, *op. cit.*, p. 102).

El CAPITÁN CENTELLAS
DON RAFAEL DE AVELLANEDA
LUCÍA
La ABADESA DE LAS CALATRAVAS DE SEVILLA
La TORNERA DE ÍDEM
GASTÓN
MIGUEL
Un ESCULTOR
Dos ALGUACILES
Un PAJE *(que no habla)*
La ESTATUA DE DON GONZALO *(él mismo)*
La SOMBRA DE DOÑA INÉS *(ella misma)*
Caballeros sevillanos, encubiertos, curiosos, esqueletos, estatuas, ángeles, sombras, justicia y pueblo

La acción en Sevilla por los años de 1545, últimos del emperador Carlos V.[4] *Los cuatro primeros actos pasan en una sola noche. Los tres restantes, cinco años después, y en otra noche.*

[4] El emperador Carlos V falleció en el municipio cacereño de Cuacos de Yuste en 1558, aunque abdicó dos años antes.

Parte primera

Acto primero

Libertinaje y escándalo

Hostería[5] *de* Cristófano Buttarelli. *Puerta en el fondo que da a la calle: mesas, jarros y demás utensilios propios de semejante lugar.*

ESCENA PRIMERA

Don Juan, *con antifaz, sentado a una mesa escribiendo. Buttarelli y Ciutti, a un lado esperando. Al levantarse el telón, se ven pasar por la puerta del fondo máscaras, estudiantes y pueblo con hachones, músicas, etc.*[6]

Don Juan ¡Cuál gritan esos malditos!
Pero, ¡mal rayo me parta
si en concluyendo[7] la carta

[5] *hostería*: 'la casa donde se da por dinero alojamiento y de comer a todos los que lo piden, y en especial a pasajeros y forasteros'.

[6] Explica Zorrilla que escribió esta acotación «sin saber a punto fijo lo que iba a pasar, ni entre quiénes iba a desarrollarse la exposición» (Zorrilla, *Recuerdos del tiempo viejo*, *op. cit.*, p. 101).

[7] La construcción formada por la preposición «en» seguida de la forma de gerundio de un verbo se refiere a una acción inmediatamente anterior a otra, que en este caso, se expresa en el verso siguiente.

no pagan caros sus gritos!
(Sigue escribiendo.)

BUTTARELLI *(A* CIUTTI*.)*
Buen carnaval.

CIUTTI Buen agosto[8]
para rellenar la arquilla.

BUTTARELLI ¡Quia![9] Corre ahora por Sevilla
poco gusto y mucho mosto.
Ni caen aquí buenos peces,
que son casas mal miradas
por gentes acomodadas,
y atropelladas a veces.

CIUTTI Pero hoy...

BUTTARELLI Hoy no entra en la cuenta,
Ciutti: se ha hecho buen trabajo.

CIUTTI ¡Chist! Habla un poco más bajo,
que mi señor se impacienta
pronto.

BUTTARELLI ¿A su servicio estás?

CIUTTI Ya ha un año.

BUTTARELLI ¿Y qué tal te sale?

CIUTTI No hay prior que se me iguale;[10]
tengo cuanto quiero y más.

[8] «Hacer el agosto» o «hacer el agostillo» ya significaba, en la época, 'hacer su negocio, aprovecharse de alguna ocasión para lograr sus intereses', hecho concretado en el verso siguiente, donde se explica que se prevé colmar la arquilla, un objeto destinado, en tesorería, a recoger el dinero.

[9] *quia*: interjección que da origen también a la forma «ca», ambas con el significado de incredulidad o negación.

[10] En este verso y en los siguientes se critica la abundancia en que vivían determinados miembros de la Iglesia.

Tiempo libre, bolsa llena,
buenas mozas y buen vino.

BUTTARELLI ¡Cuerpo de tal,[11] qué destino!

CIUTTI *(Señalando a* DON JUAN.*)*
Y todo ello a costa ajena.

BUTTARELLI Rico, ¿eh?

CIUTTI Varea la plata.[12]

BUTTARELLI ¿Franco?

CIUTTI Como un estudiante.

BUTTARELLI ¿Y noble?

CIUTTI Como un infante.

BUTTARELLI ¿Y bravo?

CIUTTI Como un pirata.

BUTTARELLI ¿Español?

CIUTTI Creo que sí.

BUTTARELLI ¿Su nombre?

CIUTTI Lo ignoro, en suma.

BUTTARELLI ¡Bribón! ¿Y dónde va?

CIUTTI Aquí.

BUTTARELLI Largo plumea.[13]

CIUTTI Es gran pluma.

[11] *cuerpo de tal*: expresa admiración.

[12] «Varear» significa 'medir con la vara', es decir, emplear esta unidad de longitud. Sintetiza la ingente cantidad de dinero que posee el personaje, que puede incluso «varearlo». El término «plata» ya era conocido en la época como sinónimo de «dinero». A finales del siglo XIX, Ricardo Palma escribió en una de sus *Tradiciones peruanas* que «de esta no libra de que la case y bien casada, que aunque ella no es pobre, el D. Nuño varea la plata y es mozo como unas perlas» (Ricardo Palma, *Tradiciones peruanas*, Barcelona, Montaner y Simón, 1894, tomo III, p. 59), donde se observa el mismo significado.

[13] Indica la extensión de la carta que escribe don Juan con su propia pluma.

BUTTARELLI ¿Y a quién mil diablos escribe
tan cuidadoso y prolijo?
CIUTTI A su padre.[14]
BUTTARELLI ¡Vaya un hijo!
CIUTTI Para el tiempo en que se vive
es un hombre extraordinario.
Mas silencio.
DON JUAN (*Cerrando la carta.*)
Firmo y plego.
¿Ciutti?
CIUTTI ¿Señor?
DON JUAN Este pliego
irá dentro del horario[15]
en que reza doña Inés
a sus manos a parar.[16]
CIUTTI ¿Hay respuesta que aguardar?
DON JUAN Del diablo con guardapiés[17]
que la asiste, de su dueña,
que mis intenciones sabe,[18]
recogerás una llave,
una hora y una seña:

[14] En realidad está escribiendo a doña Inés.

[15] Nótese el doble sentido del término «horario», referido tanto al momento del día en que reza doña Inés como al objeto denominado «libro de horas», que servía para orar según las horas canónicas.

[16] El autor critica esta equivocación de don Juan afirmando que doña Inés rezará con ese horario «cuando usted se lo regale» (Zorrilla, *Recuerdos del tiempo viejo*, *op. cit.*, p. 104), porque aún no lo había hecho.

[17] *guardapiés*: sinónimo de «brial»: 'vestido de seda o tela rica de que usaban las mujeres; se ataba a la cintura, y bajaba en redondo hasta los pies'.

[18] Aparece el recurso de la tercería amorosa, que ya está desarrollándose desde antes del comienzo del drama.

y más ligero que el viento
aquí otra vez.

CIUTTI — Bien está. (*Vase.*)

ESCENA II

DON JUAN, BUTTARELLI.

DON JUAN — *Cristófano, vieni qua.*
BUTTARELLI — *Eccellenza!*
DON JUAN — *Senti.*
BUTTARELLI — *Sento.*
Ma ho imparato il castigliano;
se è più facile al signor
la sua lingua...
DON JUAN — Sí, es mejor;
lascia dunque il tuo toscano,[19]
y dime: ¿don Luis Mejía
ha venido hoy?
BUTTARELLI — Excelencia,
no está en Sevilla.
DON JUAN — ¿Su ausencia
dura en verdad todavía?
BUTTARELLI — Tal creo.
DON JUAN — ¿Y noticia alguna
no tienes de él?

[19] «DON JUAN. Cristófano, ven aquí. / BUTTARELLI. ¡Excelencia! DON JUAN. Escucha. BUTTARELLI. Escucho. / Pero he aprendido el castellano; / si es más fácil al señor / su lengua... DON JUAN. Sí, es mejor; / deja, pues, tu toscano.» El toscano es el dialecto que pasó a ser la lengua oficial de la mayoría de estados italianos, y evolucionó hasta el italiano actual.

BUTTARELLI — ¡Ah! Una historia
me viene ahora a la memoria
que os podrá dar...

DON JUAN — ¿Oportuna
luz sobre el caso?

BUTTARELLI — Tal vez.

DON JUAN — Habla, pues.

BUTTARELLI — *(Hablando consigo mismo.)*
No, no me engaño:
esta noche cumple el año,[20]
lo había olvidado.

DON JUAN — ¡Pardiez![21]
¿Acabarás con tu cuento?

BUTTARELLI — Perdonad, señor: estaba
recordando el hecho.

DON JUAN — ¡Acaba,
vive Dios!, que me impaciento.

BUTTARELLI — Pues es el caso, señor,
que el caballero Mejía
por quien preguntáis, dio un día
en la ocurrencia peor
que ocurrírsele podía.

DON JUAN — Suprime lo al hecho extraño;[22]

[20] A lo largo de la obra entran en funcionamiento varios plazos de tiempo que, al cumplirse, suponen puntos de inflexión en el devenir de los personajes; es una concepción, por cierto, muy del gusto romántico. La apuesta entre don Juan y don Luis, la invitación que don Juan realiza a la estatua de don Gonzalo para cenar o el plazo que esta le pone al galán para orientar su alma hacia la salvación eterna antes de morir son algunos ejemplos del drama.

[21] *pardiez*: interjección que sigue un registro coloquial: 'por Dios'.

[22] Don Juan condensa el contenido de la explicación lo máximo posible; sin embargo, es necesario incluir una reflexión sobre ese suceso

que apostaron me es notorio[23]
a quién haría en un año,
con más fortuna, más daño,
Luis Mejía y Juan Tenorio.

BUTTARELLI ¿La historia sabéis?

DON JUAN Entera;
por eso te he preguntado
por Mejía.

BUTTARELLI ¡Oh! Me pluguiera[24]
que la apuesta se cumpliera,
que pagan bien y al contado.

DON JUAN ¿Y no tienes confianza
en que don Luis a esta cita
acuda?

BUTTARELLI ¡Quia! Ni esperanza:
el fin del plazo se avanza,
y estoy cierto que maldita
la memoria que ninguno
guarda de ello.

---

acaecido en la prehistoria del drama porque de él dependerá su desarrollo: los espectadores deben conocer el contenido de la apuesta entre don Juan y don Luis.

[23] Tradicionalmente la crítica ha considerado fácil la recurrente rima entre «notorio» y «Tenorio» en el drama. De hecho, las siete ocasiones en las que aparece el término «notorio» en la obra (vv. 79, 385, 944, 1400, 2408, 3109 y 3811) lo hace para rimar con el apellido de nuestro galán. Zorrilla hace rimar «Tenorio», además, con «desposorio» (v. 189), «contradictorio» (vv. 425 y 3291), «amatorio» (v. 457), «emporio» (v. 482), «ilusorio» (v. 832), «perentorio» (vv. 920, 2597 y 3543), «purgatorio» (vv. 1402 y 3812), «oratorio» (v. 1628) y «mortuorio» (vv. 2886 y 3110). Como puede observarse, la práctica totalidad de estos términos están relacionados con los fines y características del propio personaje.

[24] *pluguiera*: arcaísmo en modo subjuntivo del verbo «placer».

DON JUAN — Basta ya.
Toma.

BUTTARELLI — ¡Excelencia!
(Saluda profundamente.)
¿Y de alguno
de ellos sabéis vos?

DON JUAN — Quizá.

BUTTARELLI — ¿Vendrán, pues?

DON JUAN — Al menos uno;
mas por si acaso los dos
dirigen aquí sus huellas
el uno del otro en pos,
tus dos mejores botellas[25]
prevenles.

BUTTARELLI — Mas...

DON JUAN — ¡Chito...![26] Adiós.

ESCENA III

BUTTARELLI.

BUTTARELLI — ¡Santa Madona! De vuelta
Mejía y Tenorio están
sin duda... y recogerán
los dos la palabra suelta.[27]
¡Oh! Sí, ese hombre tiene traza
de saberlo a fondo.

[25] La bebida, y concretamente el vino, tiene amplio tratamiento en este drama de Zorrilla.
[26] *chito*: o «chitón», es usado para requerir el silencio de alguien.
[27] 'Dar palabra de hacer alguna cosa'.

(Ruido dentro.)

Pero
¿qué es esto?
(Se asoma a la puerta.)
¡Anda! ¡El forastero
está riñendo en la plaza!
¡Válgame Dios! ¡Qué bullicio!
¡Cómo se le arremolina
chusma...! ¡Y cómo la acoquina[28]
él solo...! ¡Puf! ¡Qué estropicio!
¡Cuál corren delante de él!
No hay duda, están en Castilla
los dos, y anda ya Sevilla[29]
toda revuelta. ¡Miguel!

ESCENA IV

BUTTARELLI, MIGUEL.

MIGUEL *Che comanda?*
BUTTARELLI *Presto, qui*
servi una tavola, amico:
e del Lacryma più antico
porta due bottiglie.
MIGUEL *Si,*
signor padron.
BUTTARELLI *Micheletto,*

[28] *acoquina*: 'intimida o acobarda'.

[29] Adviértase la separación oficial entre las coronas de Aragón y de Castilla (a la que pertenecía la ciudad de Sevilla) vigente hacia 1545, el tiempo interno del drama.

apparecchia in carità
lo più ricco che si fa:
affrettati!

MIGUEL *Già mi affretto,*
signor padrone.[30] *(Vase.)*

ESCENA V

BUTTARELLI, DON GONZALO.

DON GONZALO Aquí es.
¿Patrón?

BUTTARELLI ¿Qué se ofrece?

DON GONZALO Quiero
hablar con el hostelero.

BUTTARELLI Con él habláis; decid, pues.

DON GONZALO ¿Sois vos?

BUTTARELLI Sí, mas despachad,
que estoy de priesa.[31]

DON GONZALO En tal caso,

[30] «MIGUEL. ¿Qué ordena? BUTTARELLI. Rápido, aquí / prepara una mesa, amigo: / y del Lacryma más antiguo / trae dos botellas. MIGUEL. Sí, / señor patrón. BUTTARELLI. Miguelito, prepara, por caridad, / lo más rico que haya: / ¡apresúrate! MIGUEL. Ya me apresuro, / señor patrón.» El *Lacryma Christi* es un vino producido en la región italiana de Campania y que fue muy conocido ya en tiempos de los romanos.

[31] *estoy de priesa*: es una forma arcaica que entenderíamos como 'tener prisa'. Guillén de Castro la empleó, por ejemplo, en *El renegado arrepentido*: «Aunque más quiera informarte / estoy de priesa y no puedo; / adiós» (*El renegado arrepentido*, en *Obras de Don Guillén de Castro y Bellvís*, Madrid, Real Academia Española, 1925, vol. I, p. 226).

ved si es cabal y de paso[32]
esa dobla[33] y contestad.

BUTTARELLI ¡Oh, excelencia!

DON GONZALO ¿Conocéis
a don Juan Tenorio?

BUTTARELLI Sí.

DON GONZALO ¿Y es cierto que tiene aquí
hoy una cita?

BUTTARELLI ¡Oh! ¿Seréis
vos el otro?

DON GONZALO ¿Quién?

BUTTARELLI Don Luis.

DON GONZALO No; pero estar me interesa
en su entrevista.

BUTTARELLI Esta mesa
les preparo; si os servís
en esotra[34] colocaros,
podréis presenciar la cena
que les daré... ¡Oh! Será escena
que espero que ha de admiraros.

DON GONZALO Lo creo.

BUTTARELLI Son, sin disputa,
los dos mozos más gentiles
de España.

DON GONZALO Sí, y los más viles
también.

BUTTARELLI ¡Bah! Se les imputa
cuanto malo se hace hoy día;

[32] *de paso*: de curso legal.

[33] *dobla*: moneda acuñada en oro en el reino de Castilla durante la Edad Media.

[34] *esotra*: amalgama arcaizante que hoy sustituiríamos por «esa otra».

mas la malicia lo inventa,
pues nadie paga su cuenta
como Tenorio y Mejía.

DON GONZALO ¡Ya!

BUTTARELLI Es afán de murmurar,
porque conmigo, señor,
ninguno lo hace mejor,
y bien lo puedo jurar.

DON GONZALO No es necesario; mas...

BUTTARELLI ¿Qué?

DON GONZALO Quisiera yo ocultamente
verlos, y sin que la gente
me reconociera.

BUTTARELLI A fe
que eso es muy fácil, señor.
Las fiestas de carnaval[35]
al hombre más principal
permiten, sin deshonor
de su linaje, servirse
de un antifaz, y bajo él,
¿quién sabe, hasta descubrirse,
de qué carne es el pastel?[36]

[35] El autor recuerda que la acción del drama está situada, en la primera parte, en la época de carnaval, muy propicia para ocultar el rostro de aquel que desee permanecer encubierto. De hecho, Zorrilla dijo que ubicó la obra «en el lugar y el tiempo que creía peores» (Zorrilla, *Recuerdos del tiempo viejo*, *op. cit.*, p. 101).

[36] Debe entenderse que un «pastel» era una 'composición de masa de harina con manteca, dentro de la cual se pone carne picada, pescado u otra cosa' en la época, no especialmente dulce. Además, se juega con la expresión «descubrirse el pastel», que ya significaba 'hacerse pública y manifiesta alguna cosa que se procuraba ocultar o disimular con cautela', referido a la agnición de la identidad de don Gonzalo.

Don Gonzalo — Mejor fuera en aposento
contiguo...

Buttarelli — Ninguno cae
aquí.

Don Gonzalo — Pues entonces trae
el antifaz.

Buttarelli — Al momento.

ESCENA VI

Don Gonzalo.

Don Gonzalo — No cabe en mi corazón
que tal hombre pueda haber,
y no quiero cometer
con él una sinrazón.
Yo mismo indagar prefiero
la verdad...; mas, a ser cierta
la apuesta, primero muerta
que esposa suya la quiero.
No hay en la tierra interés
que, si la daña, me cuadre;
primero seré buen padre,
buen caballero después.[37]
Enlace es de gran ventaja,
mas no quiero que Tenorio

[37] Don Gonzalo, que es comendador de Calatrava, deja bien claras sus intenciones en la obra: va a centrarse en la defensa del honor de su hija, doña Inés, aunque en ello le vaya la pérdida del suyo propio, circunstancia que no se producirá, por otro lado. Léase una manifestación similar en los versos 212-218.

del velo del desposorio
la[38] recorte una mortaja.[39]

ESCENA VII

DON GONZALO; BUTTARELLI, *que trae un antifaz.*

BUTTARELLI — Ya está aquí.
DON GONZALO — Gracias, patrón:
¿tardarán mucho en llegar?
BUTTARELLI — Si vienen no han de tardar:
cerca de las ocho son.
DON GONZALO — ¿Esa es hora señalada?
BUTTARELLI — Cierra el plazo,[40] y es asunto
de perder quien no esté a punto
de la primer[41] campanada.
DON GONZALO — Quiera Dios que sea una chanza,
y no lo que se murmura.
BUTTARELLI — No tengo aún[42] por muy segura
de que cumplan, la esperanza;
pero si tanto os importa

[38] Uno de los varios casos de laísmo que encontramos en Zorrilla.

[39] Imagen efectista de Zorrilla en la que compara muy lúcidamente la condena a muerte de doña Inés desde el mismo momento en que se casara con don Juan.

[40] Se insiste en la cuestión del cumplimiento de plazos que se ha comentado.

[41] Empleo de esta forma apocopada, necesariamente antepuesta al sustantivo, para facilitar la medida del verso.

[42] Es necesario considerar «aún» como monosílabo para mantener el octosílabo. Sucede lo mismo en los versos 564, 1260, 1319, 1443, 2279, 2354, 2435, 2625, 2875, 2958, 3144, 3283, 3416, 3703 y 3760.

lo que ello sea saber,
pues la hora está al caer,
la dilación es ya corta.

DON GONZALO Cúbrome, pues, y me siento.
(Se sienta en una mesa a la derecha y se pone el antifaz.)

BUTTARELLI (Curioso el viejo me tiene
del misterio con que viene...
Y no me quedo contento
hasta saber quién es él.)
(Limpia y trajina,[43] *mirándole de reojo.)*

DON GONZALO (¡Que un hombre como yo tenga
que esperar aquí y se avenga
con semejante papel!
En fin, me importa el sosiego
de mi casa y la ventura
de una hija sencilla y pura,
y no es para echarlo a juego.)

ESCENA VIII

DON GONZALO, BUTTARELLI; DON DIEGO, *a la puerta del fondo.*

DON DIEGO La seña está terminante;[44]
aquí es: bien me han informado;
llego, pues.

[43] *trajina*: 'andar de un sitio a otro'.

[44] No cabe ninguna duda sobre la dirección en la que se celebrará la resolución de la apuesta.

BUTTARELLI ¿Otro embozado?
DON DIEGO ¡Ah de esta casa!
BUTTARELLI Adelante.
DON DIEGO ¿La hostería del Laurel?
BUTTARELLI En ella estáis, caballero.
DON DIEGO ¿Está en casa el hostelero?
BUTTARELLI Estáis hablando con él.
DON DIEGO ¿Sois vos Buttarelli?
BUTTARELLI Yo.
DON DIEGO ¿Es verdad que hoy tiene aquí
Tenorio una cita?
BUTTARELLI Sí.
DON DIEGO ¿Y ha acudido a ella?
BUTTARELLI No.
DON DIEGO Pero ¿acudirá?
BUTTARELLI No sé.
DON DIEGO ¿Le esperáis vos?
BUTTARELLI Por si acaso
venir le place.
DON DIEGO En tal caso,
yo también le esperaré.
(Se sienta en el lado opuesto a DON GONZALO.*)*
BUTTARELLI ¿Que os sirva vianda alguna
queréis mientras?
DON DIEGO No: tomad.
(Dale dinero.)[45]

[45] Como advierte Gies en su edición, esta acotación no aparece ni en el manuscrito ni en la primera edición, pero la mantenemos por el mismo motivo que él esgrime: aclara la escena. Seguimos, así, la línea de Aniano Peña, Cifuentes, Picoche, Juan Francisco Peña y el propio Gies. Gallud no recoge la acotación.

BUTTARELLI ¡Excelencia!

DON DIEGO Y excusad
conversación importuna.

BUTTARELLI Perdonad.

DON DIEGO Vais perdonado:
dejadme, pues.

BUTTARELLI (¡Jesucristo!
En toda mi vida he visto
hombre más malhumorado.)

DON DIEGO (¡Que un hombre de mi linaje
descienda a tan ruin mansión!
Pero no hay humillación
a que un padre no se baje
por un hijo. Quiero ver
por mis ojos la verdad
y el monstruo de liviandad
a quien pude dar el ser.)[46]

*(*BUTTARELLI, *que anda arreglando sus trastos, contempla desde el fondo a* DON GONZALO *y a* DON DIEGO, *que permanecerán embozados y en silencio.)*

BUTTARELLI ¡Vaya un par de hombres de piedra![47]

[46] El paralelismo entre don Gonzalo y don Diego es evidente, tanto en su forma de llegar al lugar como en su interés por permanecer en un segundo plano durante la escena que está próxima a ocurrir. Además, ambos se quejan de que se ven obligados a participar de semejante situación por sus respectivos hijos, bien para protegerla (en el caso de don Gonzalo para con doña Inés), bien para conocer de primera mano las atrocidades que se cuentan de él (don Diego con respecto a don Juan). Las similitudes también son captadas por Buttarelli, que las expresará en los cuatro versos siguientes.

[47] A pesar de que serán de mármol, esta exclamación parece una prolepsis del resultado final del drama y de las estatuas que representarán a ambos personajes sobre sus sepulcros.

Para estos sobra mi abasto;
mas, ¡pardiez!, pagan el gasto
que no hacen, y así se medra.

ESCENA IX

BUTTARELLI, DON GONZALO, DON DIEGO, *el* CAPITÁN CENTELLAS, *dos* CABALLEROS, AVELLANEDA.

AVELLANEDA Vinieron, y os aseguro
que se efectuará la apuesta.
CENTELLAS Entremos, pues. ¡Buttarelli!
BUTTARELLI Señor capitán Centellas,
¿vos por aquí?
CENTELLAS Sí, Cristófano.
¿Cuándo aquí, sin mi presencia,
tuvieron lugar las orgias[48]
que han hecho raya[49] en la época?
BUTTARELLI Como ha tanto tiempo ya
que no os he visto...
CENTELLAS Las guerras
del emperador, a Túnez

[48] Desplazamiento acentual del término en forma de sístole para permitir el octosílabo. El propio Zorrilla empleó esta forma bisílaba en algunas de sus composiciones poéticas, como en «Soledad del campo» para un endecasílabo: «Y siempre cuando en órgia estrepitosa / la perfumada copa levantaba / el apartarla de la faz jugosa / en el vaso una lágrima encontraba» (*Poesías*, Madrid, Imprenta de don José María Repullés, 1838, tomo III, p. 41). La Real Academia Española incluye las entradas «orgia» y «orgía» en su diccionario desde la edición de 1884.

[49] *hacer raya*: 'aventajarse, esmerarse o sobresalir en alguna cosa'.

me llevaron;[50] mas mi hacienda
me vuelve a traer a Sevilla;
y, según lo que me cuentan,
llego lo más a propósito
para renovar añejas
amistades. Conque aprontanos
luego[51] unas cuantas botellas,
y en tanto que humedecemos
la garganta, verdadera
relación haznos de un lance
sobre el cual hay controversia.

BUTTARELLI Todo se andará; mas antes
dejadme ir a la bodega.

VARIOS Sí, sí.

ESCENA X

DICHOS, *menos* BUTTARELLI.

CENTELLAS Sentarse, señores,
y que siga Avellaneda
con la historia de don Luis.

AVELLANEDA No hay ya más que decir de ella,
sino que creo imposible

[50] En 1534 el corsario turco Barbarroja tomó Túnez, siguiendo las órdenes de Solimán. El sultán Muley Hassan tuvo que huir y pidió ayuda al emperador Carlos V, quien en junio del año siguiente recuperó la ciudad.

[51] *luego*: en el siglo XVI, cuando está ambientado el drama, significaba inmediatez; y esta acepción la recoge el diccionario académico de 1843: 'prontamente, sin dilación'.

que la de Tenorio sea
más endiablada, y que apuesto
por don Luis.

CENTELLAS Acaso pierdas.
Don Juan Tenorio se sabe
que es la más mala cabeza
del orbe, y no hubo hombre alguno
que aventajarle pudiera
con solo su inclinación;
conque, ¿qué hará si se empeña?

AVELLANEDA Pues yo sé bien que Mejía
las ha hecho tales, que a ciegas
se puede apostar por él.

CENTELLAS Pues el capitán Centellas
pone por don Juan Tenorio
cuanto tiene.

AVELLANEDA Pues se acepta
por don Luis, que es muy mi amigo.[52]

CENTELLAS Pues todo en contra se arriesga;
porque no hay como Tenorio
otro hombre sobre la tierra,
y es proverbial su fortuna,
y extremadas sus empresas.

[52] *muy mi amigo*: construcción particular de corte arcaizante que fue utilizada por otros autores como Gaspar de Ovando en su comedia *La Atalanta*: «PAJE. Y de Hércules, ¿qué diréis? / LICAS. No competirá conmigo, / que es Hércules muy mi amigo» (*La Atalanta*, Kassel, Reichenberger, 2001, p. 133).

ESCENA XI

DICHOS; BUTTARELLI, *con botellas.*

BUTTARELLI Aquí hay Falerno,[53] Borgoña,[54]
Sorrento.[55]
CENTELLAS De lo que quieras
sirve, Cristófano, y dinos:
¿qué hay de cierto en una apuesta
por don Juan Tenorio ha un año
y don Luis Mejía hecha?
BUTTARELLI Señor capitán, no sé
tan a fondo la materia
que os pueda sacar de dudas,
pero diré lo que sepa.
VARIOS Habla, habla.
BUTTARELLI Yo, la verdad,
aunque fue en mi casa mesma[56]
la cuestión entre ambos, como
pusieron tan larga fecha
a su plazo, creí siempre
que nunca a efecto viniera;

[53] Vino de la región italiana de Campania, muy apreciado por los romanos; tanto, que algunos escritores le dedicaron composiciones, como Marcial en el epigrama XCIII de su libro noveno: «¿Por qué tardas, muchacho, en escanciar el inmortal falerno?» (Marco Valerio Marcial, *Epigramas*, Zaragoza, Institución Fernando el Católico, 2004, p. 412).

[54] Uno de los caldos más prestigiosos de Francia, producido en la región homónima.

[55] El origen de este vino está situado en torno a la ciudad que le da nombre, en la provincia de Nápoles. También gozó de renombre en la antigüedad grecolatina.

[56] Arcaísmo: «misma».

así es, que ni aun me acordaba
de tal cosa a la hora de esta.
Mas esta tarde, sería
el anochecer apenas,
entrose aquí un caballero
pidiéndome que le diera
recado con que escribir
una carta: y a sus letras
atento no más, me dio
tiempo a que charla metiera
con un paje que traía,
paisano mío, de Génova.
No saqué nada del paje,
que es, por Dios, muy brava pesca;[57]
mas cuando su amo acababa
su carta, le envió con ella
a quien iba dirigida:
el caballero en mi lengua
me habló y me pidió noticias
de don Luis. Dijo que entera
sabía de ambos la historia,
y que tenía certeza
de que al menos uno de ellos
acudiría a la apuesta.
Yo quise saber más de él,
mas púsome dos monedas
de oro en la mano diciéndome
así, como a la deshecha:[58]
«Y por si acaso los dos
al tiempo aplazado llegan,

[57] «buena, brava o linda pesca»: 'de aviesas costumbres'.
[58] *deshecha*: con disimulo.

ten prevenidas para ambos
tus dos mejores botellas».
Largose sin decir más,
y yo, atento a sus monedas,
les[59] puse en el mismo sitio
donde apostaron, la mesa.
Y vedla allí con dos sillas,
dos copas y dos botellas.[60]

AVELLANEDA Pues, señor, no hay que dudar;
era don Luis.

CENTELLAS Don Juan era.

AVELLANEDA ¿Tú no le viste la cara?

BUTTARELLI ¡Si la traía cubierta
con un antifaz!

CENTELLAS Pero, hombre,
¿tú a los dos no les recuerdas?
¿O no sabes distinguir
a las gentes por sus señas
lo mismo que por sus caras?

BUTTARELLI Pues confieso mi torpeza;
no le supe conocer,
y lo procuré de veras.
Pero silencio.

AVELLANEDA ¿Qué pasa?

BUTTARELLI A dar el reló comienza
los cuartos para las ocho.[61]
(Dan.)

[59] Leísmo del autor, al igual que en el verso 364.

[60] Esta imagen de una mesa preparada pero sin comensales se repetirá al final del drama, cuando don Juan, Centellas y Avellaneda esperan la llegada al convite de la estatua de don Gonzalo.

[61] Se acerca la hora en la que expira el plazo para presentarse don

CENTELLAS Ved, ved la gente que se entra.

AVELLANEDA Como que está de este lance
curiosa Sevilla entera.
(Se oyen dar las ocho; varias personas entran y se reparten en silencio por la escena; al dar la última campanada, DON JUAN, *con antifaz, se llega a la mesa que ha preparado* BUTTARELLI *en el centro del escenario, y se dispone a ocupar una de las dos sillas que están delante de ella. Inmediatamente después de él, entra* DON LUIS, *también con antifaz, y se dirige a la otra. Todos los miran.)*

ESCENA XII

DON DIEGO, DON GONZALO, DON JUAN, DON LUIS, BUTTARELLI, CENTELLAS, AVELLANEDA, CABALLEROS, CURIOSOS, ENMASCARADOS.

AVELLANEDA *(A* CENTELLAS, *por* DON JUAN.*)*
Verás aquel, si ellos vienen,
qué buen chasco que se lleva.

CENTELLAS *(A* AVELLANEDA, *por* DON LUIS.*)*
Pues allí va otro a ocupar
la otra silla: ¡uf! ¡Aquí es ella![62]

Juan y don Luis y Buttarelli se encarga de recordárselo a los otros agonistas y, sobre todo, al público, para que estén prevenidos ante la situación inminente.

[62] *Aquí es ella*: expresión que alerta a los personajes ante una situación violenta.

DON JUAN (*A* DON LUIS.)
Esa silla está comprada,
hidalgo.

DON LUIS (*A* DON JUAN.)
Lo mismo digo,
hidalgo; para un amigo
tengo yo esotra pagada.

DON JUAN Que esta es mía haré notorio.

DON LUIS Y yo también que esta es mía.

DON JUAN Luego, sois don Luis Mejía.

DON LUIS Seréis, pues, don Juan Tenorio.

DON JUAN Puede ser.

DON LUIS Vos lo decís.

DON JUAN ¿No os fiais?

DON LUIS No.

DON JUAN Yo tampoco.

DON LUIS Pues no hagamos más el coco.

DON JUAN Yo soy don Juan.
(*Quitándose la máscara.*)

DON LUIS Yo don Luis. (*Id.*)
(*Se descubren y se sientan. El* CAPITÁN CENTELLAS, AVELLANEDA, BUTTARELLI *y algunos otros se van a ellos y les saludan, abrazan y dan la mano, y hacen otras semejantes muestras de cariño y amistad.* DON JUAN *y* DON LUIS *las aceptan cortésmente.*)

DON LUIS ¡Don Juan!

AVELLANEDA ¡Don Luis!

DON LUIS ¡Caballeros!

DON LUIS ¡Oh, amigos! ¿Qué dicha es esta?

AVELLANEDA — Sabíamos vuestra apuesta
y hemos acudido a veros.

DON LUIS — Don Juan y yo tal bondad
en mucho os agradecemos.

DON JUAN — El tiempo no malgastemos,
don Luis. *(A los otros.)*
Sillas arrimad.
(A los que están lejos.)
Caballeros, yo supongo
que a ucedes[63] también aquí
les trae la apuesta, y por mí
a antojo tal no me opongo.

DON LUIS — Ni yo: que aunque nada más
fue el empeño entre los dos,
no ha de decirse, por Dios,
que me avergonzó jamás.

DON JUAN — Ni a mí, que el orbe es testigo
de que hipócrita no soy,
pues por doquiera que voy
va el escándalo conmigo.

DON LUIS — ¡Eh! ¿Y esos dos no se llegan
a escuchar? Vos.
(Por DON DIEGO *y* DON GONZALO.*)*

DON DIEGO — Yo estoy bien.

DON LUIS — ¿Y vos?

DON GONZALO — De aquí oigo también.

[63] «ucé» o «uced», y sus plurales, son formas apocopadas de «vuesamerced» o «vuesarced». Corresponden al tratamiento de cortesía que ha experimentado síncopa con respecto al «vuestra merced». Ests variantes están en el origen, junto con otras como, por ejemplo, «vusted», de nuestro actual «usted».

Don Luis — Razón tendrán si se niegan.[64]
(Se sientan todos alrededor de la mesa en que están don Luis Mejía *y* don Juan Tenorio.*)*
Don Juan — ¿Estamos listos?
Don Luis — Estamos.
Don Juan — Como quien somos cumplimos.
Don Luis — Veamos, pues, lo que hicimos.[65]
Don Juan — Bebamos antes.
Don Luis — Bebamos. *(Lo hacen.)*
Don Juan — La apuesta fue...
Don Luis — Porque un día
dije que en España entera
no habría nadie que hiciera
lo que hiciera Luis Mejía.
Don Juan — Y siendo contradictorio
al vuestro mi parecer,
yo os dije: «Nadie ha de hacer
lo que hará don Juan Tenorio».
¿No es así?
Don Luis — Sin duda alguna:
y vinimos a apostar
quién de ambos sabría obrar
peor, con mejor fortuna,
en el término de un año;
juntándonos aquí hoy
a probarlo.

[64] La distancia intergeneracional por razón de honor es muy visual en la escena, donde don Diego (y don Gonzalo) está separado de su hijo don Juan (y de don Luis).

[65] Los dos personajes alardean de las atrocidades morales y deshonrosas que han realizado o provocado durante un año.

DON JUAN Y aquí estoy.
DON LUIS Y yo.
CENTELLAS ¡Empeño bien extraño,
por vida mía!
DON JUAN Hablad, pues.
DON LUIS No, vos debéis empezar.
DON JUAN Como gustéis, igual es,
que nunca me hago esperar.
Pues, señor, yo desde aquí,
buscando mayor espacio
para mis hazañas, di
sobre Italia, porque allí
tiene el placer un palacio.
De la guerra y del amor
antigua y clásica tierra,
y en ella el emperador,
con ella y con Francia en guerra,[66]
díjeme: «¿Dónde mejor?
Donde hay soldados hay juego,[67]
hay pendencias y amoríos».
Di, pues, sobre Italia luego,
buscando a sangre y a fuego
amores y desafíos.
En Roma, a mi apuesta fiel,

[66] Carlos V y Francisco I de Francia sostuvieron importantes disputas y guerras en varias ocasiones, por ejemplo por la posesión del ducado de Milán, como es el caso al que se refiere este pasaje. En 1544, un año antes del que sirve de marco para el drama, Francia y el imperio español firmaron la Paz de Crépy, que significó una pausa en las hostilidades entre ambos territorios.

[67] Los juegos de naipes y de dados han sido tradicionalmente asociados a los soldados de las campañas bélicas, especialmente a los rangos más bajos de los empleos militares.

fijé, entre hostil y amatorio,
en mi puerta este cartel:[68]
«Aquí está don Juan Tenorio
para quien quiera algo de él».
  De aquellos días la historia
a relataros renuncio:
remítome a la memoria
que dejé allí, y de mi gloria
podéis juzgar por mi anuncio.
  Las romanas, caprichosas,
las costumbres, licenciosas,
yo, gallardo y calavera,
¿quién a cuento redujera
mis empresas amorosas?
  Salí de Roma, por fin,
como os podéis figurar:
con un disfraz harto ruin,
y a lomos de un mal rocín,
pues me querían ahorcar.
  Fui al ejército de España,
mas todos paisanos míos,
soldados y en tierra extraña,
dejé pronto su compaña
tras cinco u[69] seis desafíos.
  Nápoles, rico vergel
de amor, de placer emporio,
vio en mi segundo cartel:
«Aquí está don Juan Tenorio,

[68] Recuérdense estos carteles que, con similar función, colgaban los caballeros andantes de nuestra tradición literaria.

[69] Mantenemos, con Cifuentes, el alomorfo «u» de la conjunción disyuntiva por uso habitual en el siglo XIX.

y no hay hombre para él.
Desde la princesa altiva
a la que pesca en ruin barca,
no hay hembra a quien no suscriba;
y a cualquier empresa abarca,
si en oro o valor estriba.
Búsquenle los reñidores;
cérquenle los jugadores;
quien se precie que le ataje,
a ver si hay quien le aventaje
en juego, en lid o en amores».
Esto escribí; y en medio año
que mi presencia gozó
Nápoles, no hay lance extraño,
no hay escándalo ni engaño
en que no me hallara yo.
Por donde quiera que fui,
la razón atropellé,
la virtud escarnecí,
a la justicia burlé,
y a las mujeres vendí.
Yo a las cabañas bajé,
yo a los palacios subí,
yo los claustros escalé,
y en todas partes dejé
memoria amarga de mí.
Ni reconocí sagrado,
ni hubo ocasión ni lugar
por mi audacia respetado;
ni en distinguir me he parado
al clérigo del seglar.
A quien quise provoqué,
con quien quiso me batí,

y nunca consideré
que pudo matarme a mí
aquel a quien yo maté.[70]
A esto don Juan se arrojó,
y escrito en este papel
está cuanto consiguió,
y lo que él aquí escribió,
mantenido está por él.[71]

DON LUIS
Leed, pues.

DON JUAN
No, oigamos antes
vuestros bizarros[72] extremos,
y si traéis terminantes
vuestras notas comprobantes,
lo escrito cotejaremos.

DON LUIS
Decís bien; cosa es que está,
don Juan, muy puesta en razón;
aunque, a mi ver, poco irá
de una a otra relación.

DON JUAN
Empezad, pues.

[70] Don Juan hace una relación muy viva (a la que contribuye la utilización reiterada del pretérito perfecto simple como forma verbal) de las afrentas que llevó a cabo durante el último año y que envuelven las distintas capas de la sociedad, algunas de las cuales están especialmente protegidas contra los agravios o las deshonras, como las mujeres y el estamento religioso, sobre todo el de clausura. Don Juan se vanagloria de los «éxitos» conseguidos para su apuesta con don Luis. Son lapidarios, a la vez que clásicos, los versos «y en todas partes dejé / memoria amarga de mí». La enumeración de estos sucesos forma parte de la tradición donjuanesca.

[71] Además de su discurso, la palabra escrita dota de mayor veracidad y credibilidad al relato. Por otro lado, es el propio don Juan quien certifica, con su palabra y su gallardía ante sus enemigos, el documento («mantenido está por él»).

[72] *bizarros*: 'el que tiene valor'.

DON LUIS Allá va.
Buscando yo, como vos,
a mi aliento empresas grandes
dije: «¿Dó[73] iré, ¡vive Dios!,
de amor y lides en pos,
que vaya mejor que a Flandes?
Allí, puesto que empeñadas
guerras hay,[74] a mis deseos
habrá al par centuplicadas
ocasiones extremadas
de riñas y galanteos».
Y en Flandes conmigo di,
mas con tan negra fortuna
que al mes de encontrarme allí
todo mi caudal perdí,
dobla a dobla, una por una.
En tan total carestía
mirándome de dineros,
de mí todo el mundo huía;
mas yo busqué compañía
y me uní a unos bandoleros.
Lo hicimos bien, ¡voto a tal!,
y fuimos tan adelante,
con suerte tan colosal,
que entramos a saco en Gante

[73] *dó:* a mediados del siglo XIX ya era un arcaísmo de la forma «dónde».

[74] Las principales revueltas a las que tuvo que hacer frente Carlos V en Flandes estaban vinculadas al protestantismo, su creación, consolidación y extensión, que provocó la Contrarreforma católica inciada, en parte, con el comienzo del Concilio de Trento en 1545, año en que Zorrilla sitúa la acción. Será Felipe II el rey que mayores conflictos mantenga con el territorio flamenco.

el palacio episcopal.[75]
¡Qué noche! Por el decoro
de la Pascua, el buen obispo
bajó a presidir el coro,
y aún de alegría me crispo
al recordar su tesoro.[76]
Todo cayó en poder nuestro:
mas mi capitán, avaro,
puso mi parte en secuestro:
reñimos, fui yo más diestro
y le crucé[77] sin reparo.
Jurome al punto la gente
capitán, por más valiente;
jureles yo amistad franca:
pero a la noche siguiente
huí, y les dejé sin blanca.[78]
Yo me acordé del refrán
de que quien roba al ladrón
ha cien años de perdón,
y me arrojé a tal desmán
mirando a mi salvación.[79]

[75] Cabe recordar que la diócesis de Gante fue erigida en 1559, en tiempos del rey Felipe II.

[76] Nueva crítica a las riquezas materiales de la Iglesia, tan del gusto romántico.

[77] *crucé*: atravesó su pecho con la espada.

[78] *blanca*: 'moneda de vellón que valía medio maravedí'. La expresión del verso indica «falta de dinero».

[79] Aunque de un modo burdo y jocoso, se observan en don Luis ciertas preocupaciones por la salvación de su alma. Don Juan, cuya conversión es más tardía que la de su antagonista (quien a veces no entiende las atrocidades de Tenorio, máxime cuando intenta arrebatarle a su prometida), mostrará esa inquietud hacia el final de la pieza.

Pasé a Alemania opulento:
mas un provincial[80] jerónimo,
hombre de mucho talento,
me conoció, y al momento
me delató en un anónimo.
Compré a fuerza de dinero
la libertad y el papel;
y topando en un sendero
al fraile, le envié certero
una bala envuelta en él.
Salté a Francia. ¡Buen país!
Y como en Nápoles vos,
puse un cartel en París
diciendo: «*Aquí hay un don Luis*
que vale lo menos dos.[81]
Parará aquí algunos meses,
y no trae más intereses
ni se aviene a más empresas,
que a adorar a las francesas
y a reñir con los franceses».
Esto escribí; y en medio año
que mi presencia gozó
París, no hubo lance extraño,
ni hubo escándalo ni daño
donde no me hallara yo.

[80] Un provincial, en este caso de la Orden de San Jerónimo, es aquel que gobierna y administra el territorio eclesiástico de su jurisdicción.

[81] El luis fue una moneda francesa, pero acuñada a partir del reinado de Luis XIII, ya en el siglo XVII, por lo que sería un anacronismo del autor relacionar la estancia de don Luis en París con dicha moneda. No obstante, cabría una interpretación más pragmática del verso, simplemente ahondando en la grandeza del personaje, que valdría por dos, sin hacer referencia a moneda alguna.

Mas, como don Juan, mi historia
también a alargar renuncio;
que basta para mi gloria
la magnífica memoria
que allí dejé con mi anuncio.
Y cual vos, por donde fui
la razón atropellé,
la virtud escarnecí,
a la justicia burlé,
y a las mujeres vendí.
Mi hacienda llevo perdida
tres veces: mas se me antoja
reponerla, y me convida
mi boda comprometida
con doña Ana de Pantoja.
Mujer muy rica me dan,
y mañana hay que cumplir
los tratos que hechos están;[82]
lo que os advierto, don Juan,
por si queréis asistir.
A esto don Luis se arrojó,
y escrito en este papel
está lo que consiguió,
y lo que él aquí escribió,
mantenido está por él.

DON JUAN La historia es tan semejante
que está en el fiel[83] la balanza;

[82] De manera muy sutil se introduce en el drama un nuevo plazo para cumplir, que no podrá llevarse a efecto.

[83] El fiel de la balanza es la aguja que marca la equidistancia del peso, símbolo de la semejanza entre las nefastas historias de los dos contrincantes.

mas vamos a lo importante,
que es el guarismo a que alcanza
el papel: conque adelante.

DON LUIS
Razón tenéis, en verdad.
Aquí está el mío: mirad,
por una línea apartados
traigo los nombres sentados,
para mayor claridad.

DON JUAN
Del mismo modo arregladas
mis cuentas traigo en el mío:
en dos líneas separadas,
los muertos en desafío
y las mujeres burladas.
Contad.

DON LUIS
Contad.

DON JUAN
Veinte y tres.

DON LUIS
Son los muertos. A ver vos.
¡Por la cruz de san Andrés![84]
Aquí sumo treinta y dos.

DON JUAN
Son los muertos.

DON LUIS
Matar es.

DON JUAN
Nueve os llevo.

DON LUIS
Me vencéis.
Pasemos a las conquistas.

DON JUAN
Sumo aquí cincuenta y seis.

DON LUIS
Y yo sumo en vuestras listas
setenta y dos.

[84] El martirio del apóstol san Andrés consistió en su muerte crucificado en una cruz en forma de aspa, versionada en la denominada cruz de Borgoña, que fue utilizada en España desde los tiempos del emperador Carlos V en banderas y escudos, muy especialmente en la época del imperio español.

DON JUAN — Pues perdéis.
DON LUIS — ¡Es increíble, don Juan!
DON JUAN — Si lo dudáis, apuntados
los testigos ahí están,
que si fueren preguntados
os lo testificarán.
DON LUIS — ¡Oh! Y vuestra lista es cabal.
DON JUAN — Desde una princesa real
a la hija de un pescador,
¡oh! Ha recorrido mi amor
toda la escala social.
¿Tenéis algo que tachar?
DON LUIS — Solo una os falta en justicia.
DON JUAN — ¿Me la podéis señalar?
DON LUIS — Sí, por cierto: una novicia
que esté para profesar.[85]
DON JUAN — ¡Bah! Pues yo os complaceré
doblemente, porque os digo
que a la novicia uniré
la dama de algún amigo
que para casarse esté.
DON LUIS — ¡Pardiez, que sois atrevido!
DON JUAN — Yo os lo apuesto si queréis.
DON LUIS — Digo que acepto el partido.
Para darlo por perdido,
¿queréis veinte días?
DON JUAN — Seis.

[85] Dentro de la especificidad que le propone don Luis, y que está justificada por la naturaleza de los personajes del propio drama, lo cierto es que de las palabras de don Juan se desprende que ha conquistado a representantes de la realeza-nobleza y del pueblo llano, restándole alguien de estado eclesiástico.

DON LUIS ¡Por Dios, que sois hombre extraño!
¿Cuántos días empleáis
en cada mujer que amáis?
DON JUAN Partid los días del año
entre las que ahí encontráis.
Uno para enamorarlas,
otro para conseguirlas,
otro para abandonarlas,
dos para sustituirlas
y un[86] hora para olvidarlas.
Pero, la verdad a hablaros,
pedir más no se me antoja
porque, pues vais a casaros,
mañana pienso quitaros
a doña Ana de Pantoja.
DON LUIS Don Juan, ¿qué es lo que decís?
DON JUAN Don Luis, lo que oído habéis.
DON LUIS Ved, don Juan, lo que emprendéis.
DON JUAN Lo que he de lograr, don Luis.
DON LUIS ¡Gastón! *(Llamando.)*
GASTÓN ¿Señor?
DON LUIS Ven acá.
(Habla DON LUIS *en secreto con* GASTÓN *y este se va precipitadamente.)*
DON JUAN ¡Ciutti!
CIUTTI ¿Señor?
DON JUAN Ven aquí.
*(*DON JUAN *habla en secreto con* CIUTTI, *y este se va precipitadamente.)*
DON LUIS ¿Estáis en lo dicho?

[86] Empleo de esta forma arcaizante con el fin de preservar la medida octosilábica del verso.

DON JUAN — Sí.
DON LUIS — Pues va la vida.
DON JUAN — Pues va.
*(*DON GONZALO, *levantándose de la mesa en que ha permanecido inmóvil durante la escena anterior, se afronta con* DON JUAN *y* DON LUIS.*)*
DON GONZALO — ¡Insensatos! ¡Vive Dios
que a no temblarme las manos
a palos, como a villanos,
os diera muerte a los dos!
DON JUAN Y DON LUIS — Veamos.
DON GONZALO — Excusado es,
que he vivido lo bastante
para no estar arrogante
donde no puedo.
DON JUAN — Idos, pues.
DON GONZALO — Antes, don Juan, de salir
de donde oírme podáis,
es necesario que oigáis
lo que os tengo que decir.
Vuestro buen padre don Diego,
porque pleitos acomoda,
os apalabró una boda
que iba a celebrarse luego;
pero por mí mismo yo,
lo que erais queriendo ver,
vine aquí al anochecer,
y el veros me avergonzó.
DON JUAN — ¡Por Satanás, viejo insano,
que no sé cómo he tenido
calma para haberte oído

sin asentarte la mano![87]
Pero di pronto quién eres,
porque me siento capaz
de arrancarte el antifaz
con el alma que tuvieres.

DON GONZALO ¡Don Juan!
DON JUAN ¡Pronto!
DON GONZALO Mira, pues.
DON JUAN ¡Don Gonzalo!
DON GONZALO El mismo soy.
Y adiós, don Juan: mas desde hoy
no penséis en doña Inés.
Porque antes que consentir
en que se case con vos,
el sepulcro, ¡juro a Dios!,
por mi mano la he de abrir.

DON JUAN Me hacéis reír, don Gonzalo;
pues venirme a provocar
es como ir a amenazar a
un león con un mal palo.
Y pues hay tiempo, advertir
os quiero a mi vez a vos,
que o me la dais, o por Dios,
que a quitárosla he de ir.

DON GONZALO ¡Miserable!
DON JUAN Dicho está:
solo una mujer como esta
me falta para mi apuesta;
ved, pues, que apostada va.[88]

[87] *asentarte la mano*: dar una bofetada en la cara.

[88] La consideración que don Juan tiene de doña Inés variará a medida que avance la obra.

(DON DIEGO, *levantándose de la mesa en que ha permanecido encubierto mientras la escena anterior, baja al centro de la escena, encarándose con* DON JUAN.)

DON DIEGO
No puedo más escucharte,
vil don Juan, porque recelo
que hay algún rayo en el cielo
preparado a aniquilarte.
¡Ah...! No pudiendo creer
lo que de ti me decían,
confiando en que mentían,
te vine esta noche a ver.
Pero te juro, malvado,
que me pesa haber venido
para salir convencido
de lo que es para ignorado.
Sigue, pues, con ciego afán
en tu torpe frenesí,
mas nunca vuelvas a mí;
no te conozco, don Juan.

DON JUAN
¿Quién nunca a ti se volvió
ni quién osa hablarme así,
ni qué se me importa a mí
que me conozcas o no?

DON DIEGO
Adiós, pues: mas no te olvides
de que hay un Dios justiciero.

DON JUAN
Ten. *(Deteniéndole.)*

DON DIEGO
¿Qué quieres?

DON JUAN
Verte quiero.

DON DIEGO
Nunca, en vano me lo pides.

DON JUAN
¿Nunca?

DON DIEGO
No.

DON JUAN — Cuando me cuadre.
DON DIEGO — ¿Cómo?
DON JUAN — Así. *(Le arranca el antifaz.)*
TODOS — ¡Don Juan!
DON DIEGO — ¡Villano!
¡Me has puesto en la faz la mano![89]
DON JUAN — ¡Válgame Cristo, mi padre!
DON DIEGO — Mientes, no lo fui jamás.
DON JUAN — ¡Reportaos, por Belcebú!
DON DIEGO — No, los hijos como tú
son hijos de Satanás.
Comendador, nulo sea
lo hablado.
DON GONZALO — Ya lo es por mí;
vamos.
DON DIEGO — Sí, vamos de aquí
donde tal monstruo no vea.
Don Juan, en brazos del vicio
desolado te abandono:
me matas..., mas te perdono
de Dios en el santo juicio.
(Vanse poco a poco DON DIEGO *y* DON GONZALO.*)*
DON JUAN — Largo el plazo me ponéis:[90]

[89] Tocar la cara a un hombre o su barba eran afrentas muy graves en la Edad Media y en el Siglo de Oro.

[90] Cumplido el plazo de la apuesta entre don Juan y don Luis, y previsto el del matrimonio de este con doña Ana de Pantoja (que no se cumplirá), Zorrilla introduce uno nuevo: el del perdón divino para los pecados de don Juan que le ofrece su padre, don Diego. Se trata de otra de las intervenciones más repetidas en la tradición del mito de don Juan, desde la obra *Tan largo me lo fiais* o *El burlador de Sevilla* de Tirso de Molina hasta la comedia *No hay plazo que no se cumpla ni deuda que no*

mas ved que os quiero advertir
que yo no os he ido a pedir
jamás que me perdonéis.
Conque no paséis afán
de aquí en adelante por mí,
que como vivió hasta aquí,
vivirá siempre don Juan.[91]

ESCENA XIII

DON JUAN, DON LUIS, CENTELLAS, AVELLANEDA, BUTTARELLI, CURIOSOS, MÁSCARAS.

DON JUAN ¡Eh! Ya salimos del paso:
y no hay que extrañar la homilia;[92]
son pláticas de familia
de las que nunca hice caso.[93]
Conque lo dicho, don Luis,
van doña Ana y doña Inés
en apuesta.

DON LUIS Y el precio es
la vida.

DON JUAN Vos lo decís:
vamos.

---

se pague, y convidado de piedra de Antonio de Zamora, pasando por creaciones de otros autores.

91 Sin embargo, durante la obra evolucionará su comportamiento y su visión de las afrentas que ha provocado a lo largo de su vida.

92 Desplazamiento acentual hacia una palabra llana trisílaba por exigencias del cómputo versal y de la rima. Zorrilla emplea el recurso de la sístole.

93 Despreocupación de don Juan por la doctrina religiosa.

DON LUIS Vamos.

(Al salir se presenta una ronda, que les detiene.)

ESCENA XIV

DICHOS, *una ronda de* ALGUACILES.

ALGUACIL ¡Alto allá!
¿Don Juan Tenorio?

DON JUAN Yo soy.

ALGUACIL Sed preso.

DON JUAN ¿Soñando estoy?
¿Por qué?

ALGUACIL Después lo verá.

DON LUIS *(Acercándose a* DON JUAN *y riéndose.)*
Tenorio, no lo extrañéis,
pues mirando a lo apostado
mi paje os ha delatado
para que vos no ganéis.

DON JUAN ¡Hola![94] Pues no os suponía
con tal despejo, ¡pardiez!

DON LUIS Id, pues, que por esta vez,
don Juan, la partida es mía.

DON JUAN Vamos, pues.
(Al salir, les detiene otra ronda que entra en la escena.)

[94] *hola*: 'se usa para denotar la extrañeza que causa alguna cosa no esperada'.

ESCENA XV

DICHOS, *una ronda.*

ALGUACIL *(Que entra.)*
¡Ténganse allá!
¿Don Luis Mejía?

DON LUIS Yo soy.

ALGUACIL Sed preso.

DON LUIS ¿Soñando estoy?
¡Yo preso!

DON JUAN *(Soltando la carcajada.)*
¡Ja, ja, ja, ja!
Mejía, no lo extrañéis,
pues mirando a lo apostado,
mi paje os ha delatado
para que no me estorbéis.

DON LUIS Satisfecho quedaré
aunque ambos muramos.

DON JUAN Vamos.
Conque, señores, quedamos
en que la apuesta está en pie.
(Las rondas se llevan a DON JUAN *y a* DON LUIS*; muchos los siguen. El* CAPITÁN CENTELLAS, AVELLANEDA *y sus amigos quedan en la escena mirándose unos a otros.)*

ESCENA XVI

El capitán Centellas, Avellaneda, curiosos.

Avellaneda — ¡Parece un juego ilusorio!
Centellas — ¡Sin verlo no lo creería!
Avellaneda — Pues yo apuesto por Mejía.
Centellas — Y yo pongo por Tenorio.

FIN DEL ACTO PRIMERO

Acto segundo

Destreza

Exterior de la casa de doña Ana, *vista por una esquina. Las dos paredes que forman el ángulo se prolongan igualmente por ambos lados, dejando ver en la de la derecha una reja, y en la izquierda una reja y una puerta.*

ESCENA PRIMERA

Don Luis Mejía, *embozado.*

Don Luis

Ya estoy frente de la casa
de doña Ana, y es preciso
que esta noche tenga aviso
de lo que en Sevilla pasa.
No di con persona alguna,
por dicha mía... ¡Oh, qué afán!
Pero ahora, señor don Juan,
cada cual con su fortuna.
Si honor y vida se juega,
mi destreza y mi valor,
por mi vida y por mi honor,
jugarán... Mas alguien llega.

ESCENA II

DON LUIS, PASCUAL.

PASCUAL ¡Quién creyera lance tal!
¡Jesús, qué escándalo! ¡Presos!
DON LUIS ¡Qué veo! ¿Es Pascual?
PASCUAL Los sesos
me estrellaría.[95]
DON LUIS ¿Pascual?
PASCUAL ¿Quién me llama tan apriesa?[96]
DON LUIS Yo. Don Luis.
PASCUAL ¡Válame[97] Dios!
DON LUIS ¿Qué te asombra?
PASCUAL Que seáis vos.
DON LUIS Mi suerte, Pascual, es esa.
Que a no ser yo quien me soy,[98]
y a no dar contigo ahora,
el honor de mi señora
doña Ana[99] moría hoy.

[95] *me estrellaría*: expresión familiar cuyo significado se aproxima al de causar daño en la cabeza, o la propia muerte. Ha sido utilizada por varios autores: «Dominado por la cólera, mataba a patadas estrellándole los sesos a N. por una disputa de juego» (Domingo Faustino Sarmiento, *Facundo*, Madrid, Cátedra, 1993, p. 141).

[96] Arcaísmo similar al del verso 132: 'aprisa'.

[97] Forma arcaica. Empleamos 'válgame'.

[98] Introducir ese pronombre personal entre el relativo y el verbo es, también, un arcaísmo. Fue utilizado, sobre todo, hasta el siglo XVI, como hace Sánchez de Badajoz: «Y no mas que la verdad ni se quien me soy agora ni quie*n* no de quererme acordar q*ue* entiempos passados mi propio nombre era Garçi sanchez» (*Cancionero de Garci Sánchez de Badajoz*, Madrid, Editora Nacional, 1980, p. 107).

[99] Optamos por la puntuación que se ofrece en el texto porque nos

PASCUAL ¿Qué es lo que decís?
DON LUIS ¿Conoces
a don Juan Tenorio?
PASCUAL Sí.
¿Quién no le[100] conoce aquí?
Mas, según públicas voces,[101]
estabais presos los dos.
Vamos, ¡lo que el vulgo miente!
DON LUIS Ahora acertadamente
habló el vulgo: y ¡juro a Dios
que, a no ser porque mi primo,
el tesorero real,
quiso fiarme, Pascual,
pierdo cuanto más estimo!
PASCUAL ¿Pues cómo?
DON LUIS ¿En servirme estás?
PASCUAL Hasta morir.
DON LUIS Pues escucha.
Don Juan y yo en una lucha
arriesgada por demás
empeñados nos hallamos;
pero, a querer tú ayudarme,
más que la vida salvarme
puedes.
PASCUAL ¿Qué hay que hacer? Sepamos.
DON LUIS En una insigne locura
dimos tiempo ha: en apostar

---

parece la lectura más apropiada, todo seguido, aunque podría caber «el honor de mi señora, / doña Ana, moría hoy».

[100] Nuevo caso de leísmo del autor.

[101] Aquí encontramos una adaptación literal del latinismo *vox populi*, con el mismo significado.

cuál de ambos sabría obrar
peor, con mejor ventura.
Ambos nos hemos portado
bizarramente a cual más;
pero él es un Satanás,[102]
y por fin me ha aventajado.
Púsele no sé qué pero,
dijímonos no sé qué
sobre ello, y el hecho fue
que él, mofándome altanero,
me dijo: «Y si esto no os llena,
pues que os casáis con doña Ana,
os apuesto a que mañana
os la quito yo».

PASCUAL ¡Esa es buena!
¿Tal se ha atrevido a decir?

DON LUIS No es lo malo que lo diga,
Pascual, sino que consiga
lo que intenta.

PASCUAL ¿Conseguir?
En tanto que yo esté aquí,
descuidad, don Luis.

DON LUIS Te juro
que si el lance no aseguro,[103]
no sé qué va a ser de mí.

PASCUAL ¡Por la Virgen del Pilar!
¿Le teméis?

DON LUIS No, ¡Dios testigo!
Mas lleva ese hombre consigo
algún diablo familiar.

[102] Queda asociado el comportamiento de don Juan al mismo diablo.
[103] Si no vence en el enfrentamiento.

PASCUAL Dadlo por asegurado.
DON LUIS ¡Oh! Tal es el afán mío,
que ni en mí propio[104] me fío
con un hombre tan osado.
PASCUAL Yo os juro, por san Ginés,
que con toda su osadía,
le ha de hacer, por vida mía,
mal tercio[105] un aragonés;
nos veremos.
DON LUIS ¡Ay, Pascual,
que en qué te metes no sabes!
PASCUAL En apreturas más graves
me he visto, y no salí mal.
DON LUIS Estriba en lo perentorio
del plazo, y en ser quién es.
PASCUAL Más que un buen aragonés
no ha de valer un Tenorio.
Todos esos lenguaraces,
espadachines de oficio,[106]
no son más que frontispicio[107]
y de poca alma capaces.

[104] *en mí propio*: el uso actual nos lleva a entender 'de mí mismo'.

[105] «hacer buen o mal tercio» es 'frase con que se explica que a alguno se ayuda o estorba, hace beneficio o daño en una pretensión o cosa semejante'.

[106] Encontramos la misma expresión de descrédito en Somoza: «Y ya en honor del sexo amable podemos asegurar que no es mérito exclusivo para la galantería el título de torero ó espadachín de oficio; y que no siempre es cierto el *ferrum amant* de Juvenal» (José Somoza, «Carta contra el abuso de la imprenta en España cuando no había libertad de imprenta», en *Obras en prosa y verso de D. José Somoza*, Madrid, Imprenta de la Revista de Archivos, Bibliotecas y Museos, 1904, p. 158).

[107] *frontispicio*: apariencia.

Para infamar a mujeres
tienen lengua, y tienen manos
para osar a los ancianos
o apalear a mercaderes.
Mas cuando una buena espada,
por un buen brazo esgrimida,
con la muerte les convida,[108]
todo su valor es nada.
Y sus empresas y bullas
se reducen todas ellas,
a hablar mal de las doncellas
y a huir ante las patrullas.

DON LUIS ¡Pascual!

PASCUAL No lo hablo por vos,
que aunque sois un calavera,
tenéis la[109] alma bien entera
y reñís bien, ¡voto a bríos![110]

DON LUIS Pues si es en mí tan notorio
el valor, mira, Pascual,
que el valor es proverbial
en la raza de Tenorio.
Y porque conozco bien
de su valor el extremo,
de sus ardides me temo
que en tierra con mi honra den.

PASCUAL Pues suelto estáis ya, don Luis,

[108] Aquí hay un juego de palabras como anticipación al convite al que estará citado un muerto, don Gonzalo, en la segunda parte del drama.

[109] Se emplea la forma femenina del artículo para mantener el cómputo silábico del verso.

[110] Debe leerse como palabra aguda para respetar la rima con el «vos» del verso 940. Es una diástole.

y pues que tanto os acucia
el mal de celos, su astucia
con la astucia prevenís.
¿Qué teméis de él?

DON LUIS
No lo sé;
mas esta noche sospecho
que ha de procurar el hecho
consumar.

PASCUAL
Soñáis.

DON LUIS
¿Por qué?

PASCUAL
¿No está preso?

DON LUIS
Sí que está;
mas también lo estaba yo,
y un hidalgo me fió.

PASCUAL
Mas ¿quién a él le fiará?

DON LUIS
En fin, solo un medio encuentro
de satisfacerme.

PASCUAL
¿Cuál?

DON LUIS
Que de esta casa, Pascual,
quede yo esta noche dentro.

PASCUAL
Mirad que así de doña Ana
tenéis el honor vendido.

DON LUIS
¡Qué mil rayos! ¿Su marido
no voy a ser yo mañana?

PASCUAL
Mas, señor, ¿no os digo yo
que os fío con la existencia...?

DON LUIS
Sí; salir de una pendencia,
mas de un ardid diestro, no.
Y, en fin, o paso en la casa
la noche, o tomo la calle,
aunque la justicia me halle.

PASCUAL
Señor don Luis, eso pasa
de terquedad, y es capricho

que dejar os aconsejo,
y os irá bien.

DON LUIS — No lo dejo,
Pascual.

PASCUAL — ¡Don Luis!

DON LUIS — Está dicho.

PASCUAL — ¡Vive Dios! ¿Hay tal afán?

DON LUIS — Tú dirás lo que quisieres,
mas yo fío en las mujeres
mucho menos que en don Juan;[111]
y pues lance es extremado
por dos locos emprendido,
bien será un loco atrevido
para un loco desalmado.

PASCUAL — Mirad bien lo que decís,
porque yo sirvo a doña Ana
desde que nació, y mañana
seréis su esposo, don Luis.

DON LUIS — Pascual, esa hora llegada
y ese derecho adquirido,
yo sabré ser su marido
y la haré ser bien casada.
Mas en tanto...

PASCUAL — No habléis más.
Yo os conozco desde niños,
y sé lo que son cariños,
¡por vida de Barrabás!
Oíd: mi cuarto es sobrado

[111] Adviértase que don Luis manifiesta su concepción negativa de las mujeres e insiste en su volubilidad; incluso cree que son peores que don Juan, a quien había tachado de diablo, en cuanto a sinceridad, compromiso y palabra.

para los dos; dentro de él
quedad; mas palabra fiel
dadme de estaros callado.

DON LUIS — Te la doy.

PASCUAL — Y hasta mañana
juntos con doble cautela
nos quedaremos en vela.

DON LUIS — Y se salvará doña Ana.

PASCUAL — Sea.

DON LUIS — Pues vamos.

PASCUAL — ¡Teneos!
¿Qué vais a hacer?

DON LUIS — A entrar.

PASCUAL — ¿Ya?

DON LUIS — ¿Quién sabe lo que él hará?

PASCUAL — Vuestros celosos deseos
reprimid: que ser no puede
mientras que no se recoja
mi amo, don Gil de Pantoja,
y todo en silencio quede.

DON LUIS — ¡Voto a...!

PASCUAL — ¡Eh! Dad una vez
breves treguas al amor.

DON LUIS — Y ¿a qué hora ese buen señor
suele acostarse?

PASCUAL — A las diez;
y en esa calleja estrecha
hay una reja; llamad
a las diez, y descuidad
mientras en mí.

DON LUIS — Es cosa hecha.

PASCUAL — Don Luis, hasta luego, pues.

DON LUIS — Adiós, Pascual, hasta luego.

ESCENA III

DON LUIS.

DON LUIS Jamás tal desasosiego
tuve. Paréceme que es
esta noche hora menguada[112]
para mí… y no sé qué vago
presentimiento, qué estrago
teme mi alma acongojada.
¡Por Dios que nunca pensé
que a doña Ana amara así,
ni por ninguna sentí
lo que por ella…![113] ¡Oh! Y a fe
que de don Juan me amedrenta,
no el valor, mas la ventura.
Parece que le asegura
Satanás en cuanto intenta.
No, no; es un hombre infernal,
y téngome para mí
que si me aparto de aquí,
me burla, pese a Pascual.

[112] *hora menguada*: 'tiempo fatal o desgraciado en que sucede algún daño, o no se logra lo que se desea'.

[113] Los sentimientos y comportamientos de don Juan y de don Luis, que al comienzo de la obra eran muy similares, especialmente en vileza, son ahora diferentes. El motivo principal de la disociación es un lance amoroso-honroso al estilo de la comedia barroca y tan del gusto romántico: Tenorio intenta conseguir a doña Ana de Pantoja, prometida de Mejía. Este, sin embargo, dice amarla en extremo y asume que nunca había sentido lo mismo por nadie. Don Juan sigue perseverando en su maldad, pero volverá a formar un paralelismo con don Luis cuando acepte que ama a doña Inés de Ulloa de verdad y como a nadie.

Y aunque me tenga por necio,
quiero entrar: que con don Juan
las preocupaciones no están
para vistas con desprecio.
(Llama a la ventana.)

ESCENA IV

DON LUIS, DOÑA ANA.

DOÑA ANA ¿Quién va?
DON LUIS ¿No es Pascual?
DOÑA ANA ¡Don Luis!
DON LUIS ¡Doña Ana!
DOÑA ANA ¿Por la ventana
llamas ahora?
DON LUIS ¡Ay, doña Ana,
cuán a buen tiempo salís!
DOÑA ANA Pues ¿qué hay, Mejía?
DON LUIS Un empeño
por tu beldad,[114] con un hombre
que temo.
DOÑA ANA Y ¿qué hay que te asombre
en él, cuando eres tú el dueño
de mi corazón?
DON LUIS Doña Ana,
no lo puedes comprender,

[114] En la edición del diccionario académico de 1843 (véase «beldad») se explica que este sinónimo de belleza 'hoy solo se dice de las mujeres para ponderar su hermosura'.

de ese hombre sin conocer
nombre y suerte.
Doña Ana — Será vana
su buena[115] suerte conmigo.
Ya ves, solo horas nos faltan
para la boda, y te asaltan
vanos temores.
Don Luis — Testigo
me es Dios que nada por mí
me da pavor mientras tenga
espada, y ese hombre venga
cara a cara contra ti.
Mas, como el león audaz
y cauteloso y prudente,
como la astuta serpiente...
Doña Ana — ¡Bah! Duerme, don Luis, en paz,
que su audacia y su prudencia
nada lograrán de mí,
que tengo cifrada en ti
la gloria de mi existencia.
Don Luis — Pues bien, Ana, de ese amor
que me aseguras en nombre,
para no temer a ese hombre
voy a pedirte un favor.
Doña Ana — Di; mas bajo, por si escucha
tal vez alguno.
Don Luis — Oye, pues.

[115] Aproximación fónica de los términos «vana» y «buena» en el encabalgamiento de esos versos, cercana a la paranomasia.

ESCENA V

DOÑA ANA *y* DON LUIS, *a la reja derecha;* DON JUAN *y* CIUTTI, *en la calle izquierda.*

CIUTTI
Señor, por mi vida, que es
vuestra suerte buena y mucha.

DON JUAN
Ciutti, nadie como yo:
ya viste cuán fácilmente
el buen alcaide prudente
se avino y suelta me dio.
Mas no hay ya en ello que hablar:[116]
¿mis encargos has cumplido?

CIUTTI
Todos los he concluido
mejor que pude esperar.

DON JUAN
¿La beata...?[117]

CIUTTI
Esta es la llave
de la puerta del jardín,
que habrá que escalar al fin,
pues como usarced[118] ya sabe,
las tapias de ese convento
no tienen entrada alguna.

DON JUAN
Y ¿te dio carta?

CIUTTI
Ninguna;
me dijo que aquí al momento
iba a salir de camino;

[116] En el Siglo de Oro el régimen del verbo «hablar» se contruía a menudo con la preposición «en», ahora empleamos «de».

[117] *beata*: en el sentido crítico del texto, es aquella dama que vive religiosamente en apariencia pero que se dedica a asuntos de dudosa moralidad.

[118] Véase la n. 63 del verso 402.

que al convento se volvía
y que con vos hablaría.

DON JUAN
Mejor es.

CIUTTI
Lo mismo opino.

DON JUAN
¿Y los caballos?

CIUTTI
Con silla
y freno los tengo ya.

DON JUAN
¿Y la gente?

CIUTTI
Cerca está.

DON JUAN
Bien, Ciutti; mientras Sevilla
tranquila en sueño reposa
creyéndome encarcelado,
otros dos nombres añado
a mi lista numerosa.
¡Ja!, ¡ja!

CIUTTI
¡Señor...!

DON JUAN
¿Qué?

CIUTTI
¡Callad!

DON JUAN
¿Qué hay, Ciutti?

CIUTTI
Al doblar la esquina,
en esa reja vecina
he visto a un hombre.

DON JUAN
Es verdad:
pues ahora sí que es mejor
el lance: ¿y si es ese?

CIUTTI
¿Quién?

DON JUAN
Don Luis.

CIUTTI
Imposible.

DON JUAN
¡Toma!
¿No estoy yo aquí?

CIUTTI
Diferencia
va de él a vos.

DON JUAN
Evidencia

lo creo, Ciutti; allí asoma
tras de la reja una dama.

CIUTTI Una criada tal vez.

DON JUAN Preciso es verlo, ¡pardiez!,
no perdamos lance y fama.
Mira, Ciutti: a fuer de ronda[119]
tú con varios de los míos
por esa calle escurríos
dando vuelta a la redonda
a la casa.

CIUTTI Y en tal caso
cerrará ella.

DON JUAN Pues con eso,
ella ignorante y él preso,
nos dejarán franco el paso.

CIUTTI Decís bien.

DON JUAN Corre y atájale,
que en ello el vencer consiste.

CIUTTI ¿Mas si el truhán se resiste?

DON JUAN Entonces, de un tajo, rájale.

ESCENA VI

DON JUAN, DOÑA ANA, DON LUIS.

DON LUIS ¿Me das, pues, tu asentimiento?

DOÑA ANA Consiento.

DON LUIS ¿Complácesme de ese modo?

[119] *fuer*: apócope de 'fuero', y la expresión «a fuer de ronda» significa 'según ley, estilo o costumbre' de hacer la ronda, como la que hacía la justicia.

Doña Ana — En todo.
Don Luis — Pues te velaré hasta el día.
Doña Ana — Sí, Mejía.
Don Luis — Páguete el cielo, Ana mía,
satisfacción tan entera.
Doña Ana — Porque me juzgues sincera,
consiento en todo, Mejía.
Don Luis — Volveré, pues, otra vez.
Doña Ana — Sí, a las diez.
Don Luis — ¿Me aguardarás, Ana?
Doña Ana — Sí.
Don Luis — Aquí.
Doña Ana — ¿Y tú estarás puntual, eh?
Don Luis — Estaré.
Doña Ana — La llave, pues, te daré.
Don Luis — Y dentro yo de tu casa,
venga Tenorio.
Doña Ana — Alguien pasa.
A las diez.
Don Luis — *Aquí estaré.*

ESCENA VII

Don Juan, don Luis.

Don Luis — Mas se acercan. ¿Quién va allá?
Don Juan — Quien va.
Don Luis — De quien va así, ¿qué se infiere?
Don Juan — Que quiere.
Don Luis — ¿Ver si la lengua le arranco?
Don Juan — El paso franco.
Don Luis — Guardado está.

DON JUAN ¿Y soy yo manco?
DON LUIS Pidiéraislo en cortesía.
DON JUAN Y ¿a quién?
DON LUIS A don Luis Mejía.
DON JUAN *Quien va*[120] *quiere el paso franco.*
DON LUIS ¿Conoceisme?
DON JUAN Sí.
DON LUIS ¿Y yo a vos?
DON JUAN Los dos.
DON LUIS Y ¿en qué estriba el estorballe?[121]
DON JUAN En la calle.
DON LUIS ¿De ella los dos por ser amos?
DON JUAN Estamos.
DON LUIS Dos hay no más que podamos
necesitarla a la vez.
DON JUAN Lo sé.
DON LUIS ¡Sois don Juan!
DON JUAN ¡Pardiez!
Los dos ya en la calle estamos.
DON LUIS ¿No os prendieron?
DON JUAN Como a vos.
DON LUIS ¡Vive Dios!
Y ¿huisteis?
DON JUAN Os imité;
¿y qué?

[120] Como si el nombre del personaje fuera «Quien va», pasaje que recuerda al clásico entre Odiseo y Polifemo, quien preguntó el nombre a su interlocutor y este le respondió «Nadie», creyendo el cíclope que ese era el verdadero nombre del primero.

[121] Se trata de una asimilación *rl* > *ll* en la forma de infinitivo con pronombre en enclisis frecuente en la Edad Media y redescubierta literariamente en los siglos XVI y XVII. Como arcaísmo, posibilita la rima en este pasaje.

DON LUIS — Que perderéis.

DON JUAN — No sabemos.

DON LUIS — Lo veremos.

DON JUAN — La dama entrambos tenemos
sitiada, y estáis cogido.

DON LUIS — Tiempo hay.

DON JUAN — Para vos perdido.

DON LUIS — *¡Vive Dios, que lo veremos!*
*(*DON LUIS *desenvaina su espada; mas* CIUTTI, *que ha bajado con los suyos cautelosamente hasta colocarse tras él, le sujeta.)*

DON JUAN — Señor don Luis, vedlo, pues.

DON LUIS — Traición es.

DON JUAN — La boca...
(A los suyos, que se la tapan a DON LUIS.*)*

DON LUIS — ¡Oh!

DON JUAN — *(Le sujetan los brazos.)*
Sujeto atrás:
más.
La empresa es, señor Mejía,
como mía.
Encerrádmele hasta el día.
(A los suyos.)
La apuesta está ya en mi mano.
(A DON LUIS.*)*
Adiós, don Luis: si os la gano,
traición es; mas como mía.

ESCENA VIII

DON JUAN.

DON JUAN Buen lance, ¡viven los cielos!
Estos son los que dan fama:
mientras le soplo la dama
él se arrancará los pelos
encerrado en mi bodega.
¿Y ella...? Cuando crea hallarse
con él..., ¡ja!, ¡ja! ¡Oh! Y quejarse
no puede; limpio se juega.
A la cárcel le llevé
y salió; llevome a mí,
y salí; hallarnos aquí
era fuerza..., ya se ve,
su parte en la grave[122] apuesta
defendía cada cual.
Mas con la suerte está mal
Mejía, y también pierde esta.
Sin embargo, y por si acaso,
no es demás asegurarse
de Lucía, a desgraciarse
no vaya por poco el paso.
Mas por allí un bulto negro
se aproxima..., y a mi ver,
es el bulto una mujer.
¿Otra aventura? Me alegro.[123]

[122] *grave*: seria, importante.

[123] Casi se advierten algunas notas quijotescas del personaje, que va en busca de aventuras y las asume como hechos que dan gloria, por lo que las acepta de muy buen grado.

ESCENA IX

DON JUAN, BRÍGIDA.

BRÍGIDA ¿Caballero?
DON JUAN ¿Quién va allá?
BRÍGIDA ¿Sois don Juan?
DON JUAN ¡Por vida de...!
¡Si es la beata! ¡Y a fe
que la había[124] olvidado ya!
Llegaos, don Juan soy yo.
BRÍGIDA ¿Estáis solo?
DON JUAN Con el diablo.
BRÍGIDA ¡Jesucristo!
DON JUAN Por vos lo hablo.
BRÍGIDA ¿Soy yo el diablo?
DON JUAN Creoló.[125]
BRÍGIDA ¡Vaya! ¡Qué cosas tenéis!
Vos sí que sois un diablillo...
DON JUAN Que te llenará el bolsillo
si le sirves.
BRÍGIDA Lo veréis.
DON JUAN Descarga, pues, ese pecho.
¿Qué hiciste?
BRÍGIDA Cuanto me ha dicho
vuestro paje... ¡Y qué mal bicho
es ese Ciutti!
DON JUAN ¿Qué ha hecho?
BRÍGIDA ¡Gran bribón!

[124] Sístole en la pronunciación para permitir el octosílabo.

[125] Diástole que convierte la palabra en aguda para facilitar la rima con el verso 1230.

DON JUAN ¿No os ha entregado
un bolsillo y un papel?
BRÍGIDA Leyendo estará ahora en él
doña Inés.
DON JUAN ¿La has preparado?
BRÍGIDA Vaya; y os la he convencido
con tal maña y de manera,
que irá como una cordera
tras vos.
DON JUAN ¡Tan fácil te ha sido!
BRÍGIDA ¡Bah! Pobre garza enjaulada,[126]
dentro la jaula nacida,[127]
¿qué sabe ella si hay más vida
ni más aire en que volar?
Si no vio nunca sus plumas
del sol a los resplandores,
¿qué sabe de los colores
de que se puede ufanar?
No cuenta la pobrecilla
diez y siete primaveras,
y aún virgen a las primeras
impresiones del amor,
nunca concibió la dicha
fuera de su pobre estancia,
tratada desde su infancia
con cauteloso rigor.
Y tantos años monótonos

[126] Este verso y los siguientes están tomados, en general, de la obra zorrillesca *Margarita la tornera*.

[127] Se omite la preposición «de» tras el adverbio «dentro» para facilitar el cómputo silábico del octosílabo, aunque ello implique asumir un vulgarismo.

de soledad y convento
tenían su pensamiento
ceñido a punto tan ruin,
a tan reducido espacio,
y a círculo tan mezquino,
que era el claustro su destino
y el altar era su fin.
  «Aquí está Dios», la[128] dijeron;
y ella dijo: «Aquí le adoro».
«Aquí está el claustro y el coro.»
Y pensó: «No hay más allá».
Y sin otras ilusiones
que sus sueños infantiles,
pasó diez y siete abriles
sin conocerlo quizá.

DON JUAN ¿Y está hermosa?

BRÍGIDA ¡Oh! Como un ángel.

DON JUAN ¿Y la has dicho...?

BRÍGIDA Figuraos
si habré metido mal caos
en su cabeza, don Juan.
La hablé del amor, del mundo,
de la corte y los placeres,
de cuánto con las mujeres
erais pródigo y galán.
  La dije que erais el hombre
por su padre destinado
para suyo: os he pintado
muerto por ella de amor
desesperado por ella[129]

[128] Caso de laísmo, como en el verso 1283.

[129] Anadiplosis que incide en la destinataria de la apuesta/los amo-

y por ella perseguido,
y por ella decidido
a perder vida y honor.
En fin, mis dulces palabras,
al posarse en sus oídos,[130]
sus deseos mal dormidos
arrastraron de sí en pos;
y allá dentro de su pecho
han inflamado una llama[131]
de fuerza tal, que ya os ama
y no piensa más que en vos.

DON JUAN

Tal incentiva pintura
los sentidos me enajena,
y el alma ardiente me llena
de su insensata pasión.
Empezó por una apuesta,
siguió por un devaneo,
engendró luego un deseo,
y hoy me quema el corazón.[132]
Poco es el centro de un claustro;
¡al mismo infierno bajara,
y a estocadas la arrancara

---

res de don Juan, que se convertirá en anáfora en los versos siguientes. El empleo de estos recursos por Zorrilla es magistral.

[130] Eco de las *Rimas* becquerianas: «volverán del amor en tus oídos / las palabras ardientes a sonar».

[131] Zorrilla adscribe la relación al tópico del incendio de amores de la tradición literaria: ese fuego interno abrasador que consume la vida del enamorado.

[132] En estos cuatro versos don Juan resume con claridad la evolución que ha tenido su relación con doña Inés, fugazmente transformada de la mera apuesta al amor sincero. La obra no desarrolla con todo detalle ese cambio.

de los brazos de Satán!
¡Oh! Hermosa flor, cuyo cáliz
al rocío aún no se ha abierto,
a trasplantarte va al huerto
de sus amores don Juan.
¿Brígida?

BRÍGIDA Os estoy oyendo,
y me hacéis perder el tino:
yo os creía un libertino
sin alma y sin corazón.

DON JUAN ¿Eso extrañas? ¿No está claro
que en un objeto tan noble
hay que interesarse doble
que en otros?

BRÍGIDA Tenéis razón.

DON JUAN ¿Conque a qué hora se recogen
las madres?

BRÍGIDA Ya recogidas
estarán. ¿Vos prevenidas
todas las cosas tenéis?

DON JUAN Todas.

BRÍGIDA Pues luego que doblen
a las ánimas,[133] con tiento
saltando al huerto, al convento
fácilmente entrar podéis
con la llave que os he enviado:
de un claustro oscuro y estrecho
es; seguidle bien derecho,

[133] *ánimas*: usado en plural, son 'el toque de campanas que a cierta hora de la noche se hace en las iglesias, avisando a los fieles para que rueguen a Dios por las ánimas del purgatorio'.

y daréis con poco afán
en nuestra celda.

DON JUAN — Y si acierto
a robar tan gran tesoro,
te he de hacer pesar en oro.

BRÍGIDA — Por mí no queda, don Juan.

DON JUAN — Ve y aguárdame.

BRÍGIDA — Voy, pues,
a entrar por la portería,
y a cegar a sor María
la tornera.[134] Hasta después.
(Vase BRÍGIDA, *y un poco antes de concluir esta escena sale* CIUTTI, *que se para en el fondo esperando.)*

ESCENA X

DON JUAN, CIUTTI.

DON JUAN — Pues, señor, ¡soberbio envite!
Muchas hice hasta esta hora,[135]
mas, ¡por Dios que la de ahora
será tal que me acredite!

[134] *tornera*: 'la monja que está destinada para servir en el torno'. El torno es una 'máquina de base circular, a modo de cajón dividido en varios senos, la cual gira sobre un eje, y colocada en el hueco abierto de una pared medianera, sirve para introducir y sacar lo que se ofrece sin necesidad de que se toquen ni vean las personas. Se usa en los conventos de monjas'.

[135] Este verso y los dos siguientes también están inspirados en *Margarita la tornera*.

Mas ya veo que me espera
Ciutti. ¡Lebrel![136] *(Llamándole.)*

CIUTTI
Aquí estoy.

DON JUAN
¿Y don Luis?

CIUTTI
Libre por hoy
estáis de él.

DON JUAN
Ahora quisiera
ver a Lucía.

CIUTTI
Llegar
podéis aquí. *(A la reja derecha.)* Yo la llamo,
y al salir a mi reclamo
la podéis vos abordar.

DON JUAN
Llama, pues.

CIUTTI
La seña mía
sabe bien para que dude
en acudir.

DON JUAN
Pues si acude,
lo demás es cuenta mía.[137]

*(*CIUTTI *llama a la reja con una seña que parezca convenida.* LUCÍA *se asoma a ella y, al ver a* DON JUAN, *se detiene un momento.)*

[136] *lebrel*: 'variedad del perro [...] Diosele esta nombre por ser del que con preferencia se valen para la caza de las liebres'.

[137] Ripio con el primer verso de la redondilla.

ESCENA XI

DON JUAN, LUCÍA, CIUTTI.

LUCÍA — ¿Qué queréis, buen caballero?[138]
DON JUAN — Quiero.
LUCÍA — ¿Qué queréis? Vamos a ver.
DON JUAN — Ver.
LUCÍA — ¿Ver? ¿Qué veréis a esta hora?
DON JUAN — A tu señora.
LUCÍA — Idos, hidalgo, en mal hora;
¿quién pensáis que vive aquí?
DON JUAN — Doña Ana Pantoja, y
quiero ver a tu señora.
LUCÍA — ¿Sabéis que casa doña Ana?
DON JUAN — Sí, mañana.
LUCÍA — ¿Y ha de ser tan infiel ya?
DON JUAN — Sí será.
LUCÍA — ¿Pues no es de don Luis Mejía?
DON JUAN — ¡Ca! Otro día.
Hoy no es mañana, Lucía:
yo he de estar hoy con doña Ana,
y si se casa mañana,
mañana será otro día.
LUCÍA — ¡Ah! ¿En recibiros está?
DON JUAN — Podrá.
LUCÍA — ¿Qué haré si os he de servir?
DON JUAN — Abrir.

[138] Aquí comienza la escena en ovillejos por la que dice Zorrilla que empezó a escribir la obra durante «una noche de insomnio» (Zorrilla, *Recuerdos del tiempo viejo*, *op. cit.*, p. 101). No fueron muy del gusto del poeta.

LUCÍA ¡Bah! ¿Y quién abre este castillo?
DON JUAN Este bolsillo.
LUCÍA ¿Oro?
DON JUAN Pronto te dio el brillo.
LUCÍA ¡Cuánto!
DON JUAN De cien doblas pasa.
LUCÍA ¡Jesús!
DON JUAN Cuenta y di: ¿esta casa
podrá abrir este bolsillo?
LUCÍA ¡Oh! Si es quien me dora el pico...[139]
DON JUAN *(Interrumpiéndola.)* Muy rico.
LUCÍA ¿Sí? ¿Qué nombre usa el galán?
DON JUAN Don Juan.
LUCÍA ¿Sin apellido notorio?
DON JUAN Tenorio.
LUCÍA ¡Ánimas del purgatorio!
¿Vos don Juan?
DON JUAN ¿Qué te amedrenta,
si a tus ojos se presenta
muy rico don Juan Tenorio?
LUCÍA Rechina la cerradura.
DON JUAN Se asegura.
LUCÍA ¿Y a mí quién? ¡Por Belcebú!
DON JUAN Tú.
LUCÍA ¿Y qué me abrirá el camino?
DON JUAN Buen tino.
LUCÍA ¡Bah! Ir en brazos del destino...
DON JUAN Dobla el oro.
LUCÍA Me acomodo.

[139] Nuevamente don Juan es capaz de conseguir sus propósitos con dinero, como sucede en otros puntos de la obra. Véase, por ejemplo, el verso 586.

DON JUAN — Pues mira cómo de todo
se asegura tu buen tino.
LUCÍA — Dadme algún tiempo, ¡pardiez!
DON JUAN — A las diez.
LUCÍA — ¿Dónde os busco, o vos a mí?
DON JUAN — Aquí.
LUCÍA — ¿Conque estaréis puntual, eh?
DON JUAN — Estaré.
LUCÍA — Pues yo una llave os traeré.
DON JUAN — Y yo otra igual cantidad.
LUCÍA — No me faltéis.
DON JUAN — No en verdad;
a las diez aquí estaré.
Adiós, pues, y en mí te fía.[140]
LUCÍA — Y en mí el garboso galán.
DON JUAN — Adiós, pues, franca Lucía.
LUCÍA — Adiós, pues, rico don Juan.
*(*LUCÍA *cierra la ventana.* CIUTTI *se acerca a* DON JUAN *a una seña de este.)*

ESCENA XII

DON JUAN, CIUTTI.

DON JUAN — *(Riéndose.)*
Con oro nada hay que falle.
Ciutti, ya sabes mi intento:

[140] Arcaísmo que facilita la rima con el verso 1428; hoy colocaríamos el pronombre en posición de enclisis.

a las nueve en el convento,
a las diez en esta calle.[141] *(Vanse.)*

FIN DEL ACTO SEGUNDO

[141] Zorrilla, asociado a la cuestión de los plazos, también recurrió en el drama a las horas, ya desde la acotación incial. Es un tiempo muy lento, en el que se suceden muchos acontecimientos, y llega hasta el punto de no parecer verosímil. La acotación situada tras el verso 376 sitúa la acción a las ocho de la tarde, cuando don Juan y don Luis se citan en la hostería de Buttarelli y comienzan a relatar sus acciones durante el último año. Pero además se enfrenta el protagonista con don Diego y don Gonzalo, los dos galanes son detenidos, se escapan y tienen conversaciones con el círculo de doña Ana y, don Juan, con el de doña Inés también. Con todo, a las nueve de la noche tiene previsto estar en el convento con doña Inés y a las diez con doña Ana en su casa, y cierra el acto segundo (vv. 1432-1433) con actitud altanera, como si todavía le sobrase mucho tiempo. Se burla Zorrilla en sus *Recuerdos*: «Estas horas de doscientos minutos son exclusivamente propias del reloj de mi don Juan» (Zorrilla, *Recuerdos del tiempo viejo*, *op. cit.*, p. 104).

Acto tercero

Profanación

Celda de doña Inés. *Puerta en el fondo a la izquierda.*

Escena primera

Doña Inés, *la* abadesa.

Abadesa — ¿Conque me habéis entendido?
Doña Inés — Sí, señora.
Abadesa — Está muy bien;
la voluntad decisiva
de vuestro padre tal es.
Sois joven, cándida y buena;
vivido en el claustro habéis
casi desde que nacisteis;
y para quedar en él
atada con santos votos
para siempre, ni aún tenéis,
como otras, pruebas difíciles
ni penitencias que hacer.
¡Dichosa mil veces vos!
Dichosa, sí, doña Inés,
que no conociendo el mundo,

no le debéis de temer.
¡Dichosa vos, que del claustro
al pisar en el dintel,[142]
no os volveréis a mirar
lo que tras vos dejaréis!
Y los mundanos recuerdos
del bullicio y del placer
no os turbarán tentadores
del ara santa a los pies;
pues ignorando lo que hay
tras esa santa pared,
lo que tras ella se queda
jamás apeteceréis.
Mansa paloma[143] enseñada
en las palmas a comer
del dueño que la ha criado
en doméstico vergel,
no habiendo salido nunca
de la protectora red,
no ansiaréis nunca las alas
por el espacio tender.
Lirio gentil, cuyo tallo
mecieron solo tal vez
las embalsamadas brisas
del más florecido mes,
aquí a los besos del aura
vuestro cáliz abriréis,
y aquí vendrán vuestras hojas

[142] Imprecisión de Zorrilla, quien se referiría al «umbral», pues el dintel es la parte superior de una puerta.

[143] «Paloma» será, precisamente, uno de los apelativos cariñosos con los que don Juan se dirigirá a doña Inés en el cuarto acto (v. 2182).

tranquilamente a caer.
Y en el pedazo de tierra
que abarca nuestra estrechez,
y en el pedazo de cielo
que por las rejas se ve,
vos no veréis más que un lecho
do en dulce sueño yacer,
y un velo azul suspendido
a las puertas del Edén.
¡Ay! En verdad que os envidio,
venturosa doña Inés,
con vuestra inocente vida,
la virtud del no saber.
Mas ¿por qué estáis cabizbaja?
¿Por qué no me respondéis
como otras veces, alegre,
cuando en lo mismo os hablé?
¿Suspiráis?... ¡Oh!, ya comprendo:
de vuelta aquí hasta no ver
a vuestra aya estáis inquieta,
pero nada receléis.
A casa de vuestro padre
fue casi al anochecer,
y abajo en la portería
estará: yo os la enviaré,
que estoy de vela esta noche.
Conque, vamos, doña Inés,
recogeos, que ya es hora:
mal ejemplo no me deis
a las novicias, que ha tiempo
que duermen ya. Hasta después.

DOÑA INÉS Id con Dios, madre abadesa.

ABADESA Adiós, hija.

ESCENA II

DOÑA INÉS.

DOÑA INÉS
Ya se fue.
No sé qué tengo, ¡ay de mí!,
que en tumultuoso tropel
mil encontradas ideas
me combaten a la vez.
Otras noches complacida
sus palabras escuché;
y de esos cuadros tranquilos
que sabe pintar tan bien,
de esos placeres domésticos
la dichosa sencillez
y la calma venturosa,
me hicieron apetecer
la soledad de los claustros
y su santa rigidez.
Mas hoy la oí distraída
y en sus pláticas hallé,
si no enojosos discursos,
a lo menos aridez.
Y no sé por qué al decirme
que podría acontecer
que se acelerase el día
de mi profesión, temblé;
y sentí del corazón
acelerarse el vaivén,
y teñírseme el semblante
de amarilla palidez.
¡Ay de mí...! ¡Pero mi dueña,
dónde estará...! Esa mujer

con sus pláticas al cabo
me entretiene alguna vez.
Y hoy la echo menos...[144] acaso
porque la voy a perder,
que en profesando[145] es preciso
renunciar a cuanto amé.
Mas pasos siento en el claustro;
¡oh!, reconozco muy bien
sus pisadas... Ya está aquí.

ESCENA III

Doña Inés, Brígida.

Brígida — Buenas noches, doña Inés.
Doña Inés — ¿Cómo habéis tardado tanto?
Brígida — Voy a cerrar esta puerta.
Doña Inés — Hay orden de que esté abierta.
Brígida — Eso es muy bueno y muy santo
para las otras novicias
que han de consagrarse a Dios,
no, doña Inés, para vos.
Doña Inés — Brígida, ¿no ves que vicias
las reglas del monasterio
que no permiten...?
Brígida — ¡Bah!, ¡bah!
Más seguro así se está,

[144] *echo menos*: expresión de origen luso que estuvo vigente hasta el siglo XVIII; hoy introduciríamos la preposición «de» entre ambos términos. Como en otras ocasiones, el arcaísmo facilita el sostenimiento del octosílabo.

[145] Sobre esta construcción con gerundio véase la n. 7 del verso 3.

y así se habla sin misterio
ni estorbos.[146] ¿Habéis mirado
el libro que os he traído?

DOÑA INÉS ¡Ay!, se me había olvidado.

BRÍGIDA ¡Pues me hace gracia el olvido!

DOÑA INÉS ¡Como la madre abadesa
se entró aquí inmediatamente!

BRÍGIDA ¡Vieja más impertinente!

DOÑA INÉS ¿Pues tanto el libro interesa?

BRÍGIDA ¡Vaya si interesa! Mucho.
¡Pues quedó con poco afán
el infeliz!

DOÑA INÉS ¿Quién?

BRÍGIDA Don Juan.

DOÑA INÉS ¡Válgame el cielo! ¡Qué escucho![147]
¿Es don Juan quien me le[148] envía?

BRÍGIDA Por supuesto.

DOÑA INÉS ¡Oh! Yo no debo
tomarle.

BRÍGIDA ¡Pobre mancebo!
Desairarle así, sería
matarle.

DOÑA INÉS ¿Qué estás diciendo?

BRÍGIDA Si ese horario[149] no tomáis

[146] Doña Inés empieza a asistir a la ruptura de las normas; en primer lugar, las del convento.

[147] Por primera vez doña Inés escucha hablar de un amor distinto al que profesar a Dios, que era al que ella estaba acostumbrada desde que nació, de ahí la sorpresa, pero también su escasa resistencia.

[148] Otro ejemplo de leísmo.

[149] Recuerda Zorrilla el horario que apareció en el verso 40 y que don Juan iba a regalar a doña Inés.

tal pesadumbre le dais
que va a enfermar;[150] lo estoy viendo.

DOÑA INÉS ¡Ah! No, no; de esa manera,
le[151] tomaré.

BRÍGIDA Bien haréis.

DOÑA INÉS ¡Y qué bonito es!

BRÍGIDA Ya veis;
quien quiere agradar, se esmera.

DOÑA INÉS Con sus manecillas[152] de oro.
¡Y cuidado que está prieto!
A ver, a ver si completo
contiene el rezo del coro.
(Le abre, y cae una carta de entre sus hojas.)
Mas, ¿qué cayó?

BRÍGIDA Un papelito.

DOÑA INÉS ¡Una carta!

BRÍGIDA Claro está;
en esa carta os vendrá
ofreciendo el regalito.

DOÑA INÉS ¡Qué! ¿Será suyo el papel?

BRÍGIDA ¡Vaya, que sois inocente![153]

[150] Se refiere a la enfermedad de amores.

[151] Uso leísta del pronombre.

[152] *manecillas*: 'La abrazadera comúnmente de metal con que se cierran y ajustan algunos libros y otras cosas'.

[153] La virtud de la inocencia y candidez es muy propia a doña Inés. Zorrilla sintió «orgullo en ser el creador de doña Inés y pena por no haber sabido crear a don Juan» (Zorrilla, *Recuerdos del tiempo viejo*, *op. cit.*, p. 103), porque consideraba que el galán se ajustaba a la tradición y su dama era, fundamentalmente, religiosa, inocente y noble, cualidades que otorgaban al personaje, según el autor, cierta novedad.

Pues que os feria,[154] es consiguiente
que la carta será de él.

DOÑA INÉS ¡Ay, Jesús!

BRÍGIDA ¿Qué es lo que os da?

DOÑA INÉS Nada, Brígida, no es nada.

BRÍGIDA No, no; si estáis inmutada.
(Ya presa en la red está.)
¿Se os pasa?

DOÑA INÉS Sí.

BRÍGIDA Eso habrá sido
cualquier mareíllo vano.

DOÑA INÉS ¡Ay! Se me abrasa la mano
con que el papel he cogido.

BRÍGIDA Doña Inés, ¡válgame Dios!
Jamás os he visto así:
estáis trémula.

DOÑA INÉS ¡Ay de mí!

BRÍGIDA ¿Qué es lo que pasa por vos?

DOÑA INÉS No sé...[155] El campo de mi mente
siento que cruzan perdidas
mil sombras desconocidas
que me inquietan vagamente;
y ha tiempo al alma me dan
con su agitación tortura.

BRÍGIDA ¿Tiene alguna, por ventura,
el semblante de don Juan?

DOÑA INÉS No sé: desde que le vi,
Brígida mía, y su nombre
me dijiste, tengo a ese hombre

[154] *feria*: 'Dar ferias, regalar'.

[155] Doña Inés no entiende qué le pasa desde que Brígida, de corte celestinesco, le habla de don Juan.

siempre delante de mí.
Por doquiera me distraigo
con su agradable recuerdo,
y si un instante le pierdo,
en su recuerdo recaigo.
No sé qué fascinación
en mis sentidos ejerce,
que siempre hacia él se me tuerce
la mente y el corazón:
y aquí y en el oratorio,
y en todas partes advierto
que el pensamiento divierto
con la imagen de Tenorio.

BRÍGIDA ¡Válgame Dios! Doña Inés,
según lo vais explicando,
tentaciones me van dando
de creer que eso amor es.

DOÑA INÉS ¡Amor has dicho!

BRÍGIDA Sí, amor.

DOÑA INÉS No, de ninguna manera.[156]

BRÍGIDA Pues por amor lo entendiera
el menos entendedor;
mas vamos la carta a ver.
¿En qué os paráis? ¿Un suspiro?

DOÑA INÉS ¡Ay! Que cuanto más la miro,
menos me atrevo a leer.
(Lee.)
«Doña Inés del alma mía.»
¡Virgen Santa, qué principio!

[156] La dama se niega a aceptar que se trata de amor porque ello contraviene los mandatos de su padre y, en definitiva, toda la realidad vital que había conformado su existencia.

BRÍGIDA Vendrá en verso, y será un ripio
que traerá la poesía.
Vamos, seguid adelante.

DOÑA INÉS (*Lee.*)
«Luz de donde el sol la toma,
hermosísima paloma
privada de libertad,
si os dignáis por estas letras
pasar vuestros lindos ojos,
no los tornéis con enojos
sin concluir, acabad.»

BRÍGIDA ¡Qué humildad! ¡Y qué finura!
¿Dónde hay mayor rendimiento?

DOÑA INÉS Brígida, no sé qué siento.

BRÍGIDA Seguid, seguid la lectura.

DOÑA INÉS (*Lee.*)
«Nuestros padres de consuno[157]
nuestras bodas acordaron,
porque los cielos juntaron
los destinos de los dos.[158]
Y halagado desde entonces
con tan risueña esperanza,
mi alma, doña Inés, no alcanza
otro porvenir que vos.
De amor con ella en mi pecho
brotó una chispa ligera,[159]
que han convertido en hoguera

[157] *de consuno*: 'juntamente, en unión, de común acuerdo'.

[158] Es una de las primeras afirmaciones de don Juan en las que asume la doctrina cristiana. Él, individualista y aventurero, defensor de su libre albedrío, interioriza la predestinación de su vida junto a doña Inés.

[159] Un ejemplo de hipérbaton muy bien logrado por Zorrilla.

tiempo y afición tenaz:
y esta llama que en mí mismo
se alimenta inextinguible,
cada día más terrible
va creciendo y más voraz.»

BRÍGIDA Es claro; esperar le hicieron
en vuestro amor algún día,
y hondas raíces tenía
cuando a arrancársele fueron.
Seguid.

DOÑA INÉS *(Lee.)*
«En vano a apagarla
concurren tiempo y ausencia,
que doblando su violencia
no hoguera ya, volcán[160] es.
Y yo, que en medio del cráter
desamparado batallo,
suspendido en él me hallo
entre mi tumba y mi Inés.»

BRÍGIDA ¿Lo veis, Inés? Si ese horario
le despreciáis, al instante
le preparan el sudario.

DOÑA INÉS Yo desfallezco.

BRÍGIDA Adelante.

DOÑA INÉS *(Lee.)*
«Inés, alma de mi alma,

[160] En estos versos asistimos a una enumeración gradual en la que don Juan, siguiendo el campo semántico del fuego, amplía la metáfora de su sentimiento por doña Inés: *chispa* (v. 1669), *hoguera* (v. 1670), *llama* (v. 1672) y *volcán* (v. 1683). Cabría un ligero desajuste con «llama», que podríamos situarla antes de «hoguera», pero por eso Zorrilla insiste en la «hoguera» justo antes del «volcán», en el mismo verso 1683.

perpetuo imán de mi vida,
perla sin concha escondida
entre las algas del mar;
garza que nunca del nido
tender osastes[161] el vuelo,
el diáfano azul del cielo
para aprender a cruzar:
si es que a través de esos muros
el mundo apenada miras,
y por el mundo suspiras
de libertad[162] con afán,
acuérdate que al pie mismo
de esos muros que te guardan,
para salvarte te aguardan[163]
los brazos de tu don Juan.»
(Representa.)
¿Qué es lo que me pasa, ¡cielo!,
que me estoy viendo morir?

BRÍGIDA (Ya tragó todo el anzuelo.)
Vamos, que está al concluir.

DOÑA INÉS *(Lee.)*
«Acuérdate de quien llora
al pie de tu celosía
y allí le sorprende el día
y le halla la noche allí;
acuérdate de quien vive

[161] Incorreción morfológica: sobra la «s» final. Evita la sinalefa, que hubiera dado un verso hipométrico.

[162] La libertad era una de las ambiciones románticas más extendidas, y así es plasmada en la literatura. En este caso, la libertad de doña Inés está ligada a su propia predestinación posterior junto a don Juan.

[163] Es una rima esencialmente ripiosa.

solo por ti, ¡vida mía!,
y que a tus pies volaría
si le llamaras a ti.»

BRÍGIDA ¿Lo veis? Vendría.

DOÑA INÉS ¡Vendría!

BRÍGIDA A postrarse a vuestros pies.

DOÑA INÉS ¿Puede?

BRÍGIDA ¡Oh!, sí.

DOÑA INÉS ¡Virgen María!

BRÍGIDA Pero acabad, doña Inés.

DOÑA INÉS *(Lee.)*
«Adiós, ¡oh luz de mis ojos!
Adiós, Inés de mi alma:
medita, por Dios, en calma
las palabras que aquí van;
y si odias esa clausura,
que ser tu sepulcro debe,
manda, que a todo se atreve
por tu hermosura don Juan.»
(Representa DOÑA INÉS.*)*
¡Ay! ¿Qué filtro envenenado
me dan en este papel,
que el corazón desgarrado
me estoy sintiendo con él?
¿Qué sentimientos dormidos
son los que revela en mí?
¿Qué impulsos jamás sentidos?
¿Qué luz, que hasta hoy nunca vi?
¿Qué es lo que engendra en mi alma
tan nuevo y profundo afán?
¿Quién roba la dulce calma
de mi corazón?

BRÍGIDA Don Juan.

Doña Inés — ¡Don Juan dices...! ¿Conque ese
hombre me ha de seguir por doquier?
¿Solo he de escuchar su nombre?
¿Solo su sombra he de ver?
¡Ah! Bien dice: juntó el cielo
los destinos de los dos,
y en mi alma engendró este anhelo
fatal.

Brígida — ¡Silencio, por Dios!

(Se oyen dar las ánimas.)[164]

Doña Inés — ¿Qué?

Brígida — ¡Silencio!

Doña Inés — Me estremeces.

Brígida — ¿Oís, doña Inés, tocar?

Doña Inés — Sí, lo mismo que otras veces
las ánimas oigo dar.[165]

Brígida — Pues no habléis de él.

Doña Inés — ¡Cielo santo!
¿De quién?

Brígida — ¿De quién ha de ser?
De ese don Juan que amáis tanto,
porque puede aparecer.[166]

Doña Inés — ¡Me amedrentas! ¿Puede ese hombre
llegar hasta aquí?

Brígida — Quizá.

[164] A estos toques de campana se refiere el poeta definiéndolos como muy de su gusto: «Yo tengo en mis dramas una debilidad por el toque de ánimas» (Zorrilla, *Recuerdos del tiempo viejo*, *op. cit.*, p. 104).

[165] Recuérdese la n. 133 del verso 1335.

[166] Se vinculan notas sobre las ánimas del purgatorio, apariciones cuasi fantasmagóricas, comportamientos diabólicos, espíritus y, en fin, misterio, propias del donjuanismo y acomodadas al gusto romántico.

Porque el eco de su nombre
tal vez llega adonde está.

DOÑA INÉS ¡Cielos! ¿Y podrá?...

BRÍGIDA ¿Quién sabe?

DOÑA INÉS ¿Es un espíritu, pues?

BRÍGIDA No, mas si tiene una llave...

DOÑA INÉS ¡Dios!

BRÍGIDA Silencio, doña Inés:
¿no oís pasos?

DOÑA INÉS ¡Ay! Ahora
nada oigo.

BRÍGIDA Las nueve dan.[167]
Suben..., se acercan... Señora...
Ya está aquí.

DOÑA INÉS ¿Quién?

BRÍGIDA Él.

DOÑA INÉS ¡Don Juan!

ESCENA IV

DOÑA INÉS, DON JUAN, BRÍGIDA.

DOÑA INÉS ¿Qué es esto? Sueño..., deliro.

DON JUAN ¡Inés de mi corazón!

DOÑA INÉS ¿Es realidad lo que miro,
o es una fascinación...?
Tenedme..., apenas respiro...
Sombra..., huye por compasión.
¡Ay de mí...!

[167] Puntual como siempre llega don Juan al encuentro con doña Inés. Son las nueve de la noche.

(Desmáyase DOÑA INÉS *y* DON JUAN *la sostiene. La carta de* DON JUAN *queda en el suelo abandonada por* DOÑA INÉS *al desmayarse.)*

BRÍGIDA La ha fascinado
vuestra repentina entrada,
y el pavor la ha trastornado.

DON JUAN Mejor: así nos ha ahorrado
la mitad de la jornada.
¡Ea! No desperdiciemos
el tiempo aquí en contemplarla,
si perdernos no queremos.
En los brazos a tomarla
voy, y cuanto antes ganemos
ese claustro solitario.

BRÍGIDA ¡Oh! ¿Vais a sacarla así?

DON JUAN ¡Necia! ¿Piensas que rompí
la clausura, temerario,
para dejármela aquí?
Mi gente abajo me espera:
sígueme.

BRÍGIDA ¡Sin alma estoy!
¡Ay! Este hombre es una fiera:
nada le ataja ni altera...[168]
Sí, sí; a su sombra me voy.

[168] Como don Luis, Brígida se alinea con los que creen que los usos de don Juan son inapropiados.

ESCENA V

La ABADESA.

ABADESA Jurara que había oído
por estos claustros andar:
hoy a doña Inés velar
algo más la he permitido,
y me temo... Mas no están
aquí. ¿Qué pudo ocurrir
a las dos para salir
de la celda? ¿Dónde irán?
¡Hola! Yo las ataré
corto para que no vuelvan
a enredar y me revuelvan
a las novicias..., sí, a fe.
Mas siento por allá fuera
pasos. ¿Quién es?

ESCENA VI

La ABADESA, *la* TORNERA.

TORNERA Yo, señora.
ABADESA ¡Vos en el claustro a esta hora!
¿Qué es esto, hermana tornera?
TORNERA Madre abadesa, os buscaba.
ABADESA ¿Qué hay? Decid.
TORNERA Un noble anciano
quiere hablaros.
ABADESA Es en vano.
TORNERA Dice que es de Calatrava

caballero; que sus fueros
le autorizan a este paso,
y que la urgencia del caso
le obliga al instante a veros.

ABADESA ¿Dijo su nombre?

TORNERA El señor
don Gonzalo de Ulloa.

ABADESA ¿Qué
puede querer...? Abralé,[169]
hermana: es comendador
de la orden, y derecho
tiene en el claustro de entrada.[170]

ESCENA VII

La ABADESA.

ABADESA ¿A una hora tan avanzada
venir así...? No sospecho
qué pueda ser..., mas me place,
pues no hallando a su hija aquí,
la reprenderá, y así
mirará otra vez lo que hace.

[169] Diástole para convertir en agudo el vocablo y llegar al octosílabo.

[170] El maestre y comendador mayor de Calatrava podían entrar en un convento de clausura de su orden.

ESCENA VIII

La ABADESA, DON GONZALO; *la* TORNERA, *a la puerta.*

DON GONZALO Perdonad, madre abadesa,
que en hora tal os moleste;
mas para mí, asunto es este
que honra y vida me interesa.[171]
ABADESA ¡Jesús!
DON GONZALO Oíd.
ABADESA Hablad, pues.
DON GONZALO Yo guardé hasta hoy un tesoro
de más quilates que el oro,
y ese tesoro es mi Inés.
ABADESA A propósito.
DON GONZALO Escuchad.
Se me acaba de decir
que han visto a su dueña ir
ha poco por la ciudad
hablando con un criado
de un don Juan, de tal renombre
que no hay en la tierra otro hombre
tan audaz y tan malvado.
En tiempo atrás se pensó
con él a mi hija casar,

[171] En varios momentos encontramos la vinculación de la vida y la honra relacionada con lo que se juegan los personajes principales. Así, a la de don Gonzalo por el destino de su hija doña Inés de este verso se unen la de don Luis por el conflicto con don Juan sobre doña Ana de Pantoja (v. 844) y la desazón de don Juan así ejemplificada por Brígida a doña Inés en su función de tercera (v. 1297).

y hoy, que se la fui a negar,
robármela me juró.
  Que por el torpe doncel
ganada la dueña está,
no puedo dudarlo ya:
debo, pues, guardarme de él.
  Y un día, un hora quizás
de imprevisión le bastara
para que mi honor manchara
a ese hijo de Satanás.
  He aquí mi inquietud cuál es;
por la dueña, en conclusión,
vengo; vos la profesión
abreviad de doña Inés.

ABADESA Sois padre, y es vuestro afán
muy justo, comendador;
mas ved que ofende a mi honor.

DON GONZALO No sabéis quién es don Juan.

ABADESA Aunque le pintáis tan malo,
yo os puedo decir de mí,
que mientra[172] Inés esté aquí,
segura está, don Gonzalo.

DON GONZALO Lo creo; mas las razones
abreviemos; entregadme
a esa dueña, y perdonadme
mis mundanas opiniones.
  Si vos de vuestra virtud
me respondéis, yo me fundo

[172] Zorrilla elimina la «s» final de «mientras» (construyendo así lo que a mediados del siglo XIX ya era un arcaísmo de dicho adverbio) para facilitar una sinalefa que permita el octosílabo.

en que conozco del mundo
la insensata juventud.

ABADESA
Se hará como lo exigís.
Hermana tornera, id, pues,
a buscar a doña Inés
y a su dueña. *(Vase la* TORNERA.*)*

DON GONZALO
¿Qué decís,
señora? O traición me ha hecho
mi memoria, o yo sé bien
que esta es hora de que estén
ambas a dos[173] en su lecho.

ABADESA
Ha un punto sentí a las dos
salir de aquí, no sé a qué.

DON GONZALO
¡Ay! Por qué tiemblo no sé.
¡Mas qué veo, santo Dios!
Un papel..., me lo decía
a voces mi mismo afán.
(Leyendo.)
«Doña Inés del alma mía...»
Y la firma de don Juan.
Ved..., ved..., esa prueba escrita.
Leed ahí... ¡Oh! Mientras que vos
por ella rogáis a Dios,
viene el diablo y os la quita.

[173] Pleonasmo.

ESCENA IX

La ABADESA, DON GONZALO, *la* TORNERA.

TORNERA — Señora...
ABADESA — ¿Qué es?
TORNERA — Vengo muerta.
DON GONZALO — Concluid.
TORNERA — No acierto a hablar...
He visto a un hombre saltar
por las tapias de la huerta.
DON GONZALO — ¿Veis? Corramos. ¡Ay de mí!
ABADESA — ¿Dónde vais, comendador?
DON GONZALO — ¡Imbécil! Tras de mi honor,
que os roban a vos de aquí.[174]

FIN DEL ACTO TERCERO

[174] Escena especialmente climática para concluir el acto. Don Gonzalo ve a su hija escaparse con don Juan y, con ella, su vida y honor. Ya manifestó al inicio de la obra que sería padre antes que caballero, por eso ahora, temeroso, no duda en insultar a la abadesa de un convento de la orden de la que él es comendador.

Acto cuarto

EL DIABLO A LAS PUERTAS DEL CIELO

Quinta[175] *de* don Juan Tenorio *cerca de Sevilla y sobre el Guadalquivir. Balcón en el fondo. Dos puertas a cada lado.*

ESCENA PRIMERA

Brígida, Ciutti.

Brígida ¡Qué noche, válgame Dios!
A poderlo calcular
no me meto yo a servir
a tan fogoso[176] galán.
¡Ay, Ciutti! Molida estoy;
no me puedo menear.
Ciutti Pues ¿qué os duele?
Brígida Todo el cuerpo
y toda el alma además.

[175] *quinta*: 'casería o sitio de recreo en el campo'.

[176] Usado en doble sentido: don Juan es impetuoso y arde porque le quema el fuego interno de amor.

CIUTTI ¡Ya! No estáis acostumbrada
al caballo, es natural.

BRÍGIDA Mil veces pensé caer:
¡uf!, ¡qué mareo!, ¡qué afán!
Veía yo unos tras otros
ante mis ojos pasar
los árboles como en alas
llevados de un huracán,
tan apriesa y produciéndome
ilusión tan infernal,
que perdiera los sentidos
si tardamos en parar.

CIUTTI Pues de estas cosas veréis,[177]
si en esta casa os quedáis,
lo menos seis por semana.

BRÍGIDA ¡Jesús!

CIUTTI ¿Y esa niña está
reposando todavía?

BRÍGIDA ¿Y a qué se ha de despertar?

CIUTTI Sí, es mejor que abra los ojos
en los brazos de don Juan.

BRÍGIDA Preciso es que tu amo tenga
algún diablo familiar.[178]

CIUTTI Yo creo que sea él mismo
un diablo en carne mortal,
porque a lo que él, solamente
se arrojara Satanás.

[177] Se refiere a esas «ilusiones infernales» que cita Brígida, en una nueva asociación de don Juan con lo demoníaco.

[178] Zorrilla sigue cultivando el paralelismo entre don Luis y Brígida sobre el comportamiento de don Juan. Es ella la que ahora piensa que Tenorio lleva «algún diablo familiar», como hizo Mejía en el verso 907.

BRÍGIDA ¡Oh! ¡El lance ha sido extremado!
CIUTTI Pero al fin logrado está.
BRÍGIDA ¡Salir así de un convento
en medio de una ciudad
como Sevilla!
CIUTTI Es empresa
tan solo para hombre tal.
Mas, ¡qué diablos!, si a su lado
la fortuna siempre va,
y encadenado a sus pies
duerme sumiso el azar.[179]
BRÍGIDA Sí, decís bien.
CIUTTI No he visto hombre
de corazón más audaz;
ni halla riesgo que le espante,
ni encuentra dificultad
que al empeñarse en vencer
le haga un punto vacilar.
A todo osado se arroja,
de todo se ve capaz,
ni mira dónde se mete,
ni lo pregunta jamás.
Allí hay un lance, le dicen;
y él dice: «Allá va don Juan».
¡Mas ya tarda, vive Dios!
BRÍGIDA Las doce en la catedral[180]
han dado ha tiempo.

[179] Ciutti explica que su amo no está sujeto a la suerte, sino que es dueño de su propio destino. Sin embargo, en el verso 1087 sí reconoció suerte en don Juan, diciéndole que era «buena y mucha».

[180] Continúa el recurso del tiempo en el drama con la expresión concreta de las horas. En este caso, además, se alude a un reloj tan fiable y principal como el de la catedral, principal templo de una diócesis eclesiástica.

CIUTTI Y de vuelta
debía a las doce estar.
BRÍGIDA Pero ¿por qué no se vino
con nosotros?
CIUTTI Tiene allá
en la ciudad todavía
cuatro cosas que arreglar.
BRÍGIDA ¿Para el viaje?
CIUTTI Por supuesto;
aunque muy fácil será
que esta noche a los infiernos
le hagan a él mismo viajar.
BRÍGIDA ¡Jesús, qué ideas!
CIUTTI Pues digo:
¿son obras de caridad
en las que nos empleamos,
para mejor esperar?
Aunque seguros estamos
como vuelva por acá.
BRÍGIDA ¿De veras, Ciutti?
CIUTTI Venid
a este balcón y mirad.
¿Qué veis?
BRÍGIDA Veo un bergantín[181]
que anclado en el río está.
CIUTTI Pues su patrón solo aguarda
las órdenes de don Juan,
y salvos, en todo caso,
a Italia nos llevará.
BRÍGIDA ¿Cierto?

[181] Embarcación que fue utilizada por Espronceda en uno de los versos de su conocida «Canción del pirata».

CIUTTI — Y nada receléis
por vuestra seguridad;
que es el barco más velero
que boga sobre la mar.

BRÍGIDA — ¡Chist! Ya siento a doña Inés.

CIUTTI — Pues yo me voy, que don Juan
encargó que sola vos
debíais con ella hablar.

BRÍGIDA — Y encargó bien, que yo entiendo
de esto.

CIUTTI — Adiós, pues.

BRÍGIDA — Vete en paz.

ESCENA II

DOÑA INÉS, BRÍGIDA.

DOÑA INÉS — Dios mío, ¡cuánto he soñado!
Loca estoy: ¿qué hora será?
Pero ¿qué es esto?, ¡ay de mí!
No recuerdo que jamás
haya visto este aposento.
¿Quién me trajo aquí?

BRÍGIDA — Don Juan.

DOÑA INÉS — Siempre don Juan... ¿Mas conmigo
aquí tú también estás,
Brígida?

BRÍGIDA — Sí, doña Inés.

DOÑA INÉS — Pero dime, en caridad,
¿dónde estamos? ¿Este cuarto
es del convento?

BRÍGIDA — No tal:

aquello era un cuchitril
en donde no había más
que miseria.

DOÑA INÉS — Pero, en fin,
¿en dónde estamos?

BRÍGIDA — Mirad,
mirad por este balcón,
y alcanzaréis lo que va
desde un convento de monjas
a una quinta de don Juan.[182]

DOÑA INÉS — ¿Es de don Juan esta quinta?

BRÍGIDA — Y creo que vuestra ya.

DOÑA INÉS — Pero no comprendo, Brígida,
lo que hablas.

BRÍGIDA — Escuchad.
Estabais en el convento
leyendo con mucho afán
una carta de don Juan,
cuando estalló en un momento
un incendio formidable.[183]

DOÑA INÉS — ¡Jesús!

BRÍGIDA — Espantoso, inmenso;
el humo era ya tan denso,
que el aire se hizo palpable.

DOÑA INÉS — Pues no recuerdo...

BRÍGIDA — Las dos

[182] Brígida intenta causar en doña Inés un efecto de sorpresa y de fascinación para que se vaya imbuyendo de su galán, comparando la reclusión del convento en que estaba con la magnificencia y belleza de las propiedades de don Juan.

[183] No es un incendio físico, sino el sentimiento del fuego de amor tan palpable de don Juan cuando la dama leía la carta que le había remitido. Doña Inés sí creerá en el incendio real.

con la carta entretenidas,
olvidamos nuestras vidas,
yo oyendo, y leyendo vos.
  Y estaba, en verdad, tan tierna,
que entrambas a su lectura
achacamos la tortura
que sentíamos interna.
  Apenas ya respirar
podíamos, y las llamas
prendían ya en nuestras camas:
nos íbamos a asfixiar,
  cuando don Juan, que os adora,
y que rondaba el convento,
al ver crecer con el viento
la llama devastadora,
  con inaudito valor,
viendo que ibais a abrasaros,
se metió para salvaros[184]
por donde pudo mejor.
  Vos, al verle así asaltar
la celda tan de improviso,
os desmayasteis..., preciso;
la cosa era de esperar.
  Y él, cuando os vio caer así,
en sus brazos os tomó
y echó a huir; yo le seguí,
y del fuego nos sacó.
  ¿Dónde íbamos a esta hora?

[184] Brígida explica el rapto como si don Juan hubiera salvado a doña Inés de su cautiverio en el convento, como si la hubiera liberado tanto de su estancia en ese lugar como de las llamas del amor, que se sofocan cuando los enamorados están juntos. La manipulación es evidente.

Vos seguíais desmayada,
yo estaba ya casi ahogada.
Dijo, pues: «Hasta la aurora
en mi casa las tendré».
Y henos, doña Inés, aquí.

DOÑA INÉS ¿Conque esta es su casa?

BRÍGIDA Sí.

DOÑA INÉS Pues nada recuerdo, a fe.
Pero..., ¡en su casa...! ¡Oh! Al punto
salgamos de ella..., yo tengo
la de mi padre.

BRÍGIDA Convengo
con vos; pero es el asunto...

DOÑA INÉS ¿Qué?

BRÍGIDA Que no podemos ir.

DOÑA INÉS Oír tal me maravilla.

BRÍGIDA Nos aparta de Sevilla.

DOÑA INÉS ¿Quién?

BRÍGIDA Vedlo, el Guadalquivir.

DOÑA INÉS ¿No estamos en la ciudad?

BRÍGIDA A una legua nos hallamos
de sus murallas.

DOÑA INÉS ¡Oh! ¡Estamos
perdidas!

BRÍGIDA ¡No sé, en verdad,
por qué!

DOÑA INÉS Me estás confundiendo,
Brígida..., y no sé qué redes
son las que entre estas paredes
temo que me estás tendiendo.[185]
Nunca el claustro abandoné,

[185] Ahora ya doña Inés sospecha que ha caído en una trampa.

ni sé del mundo exterior
los usos; mas tengo honor.
Noble soy, Brígida, y sé
que la casa de don Juan
no es buen sitio para mí:
me lo está diciendo aquí
no sé qué escondido afán.
Ven, huyamos.

BRÍGIDA — Doña Inés,
la existencia os ha salvado.

DOÑA INÉS — Sí, pero me ha envenenado
el corazón.

BRÍGIDA — ¿Le amáis, pues?

DOÑA INÉS — No sé... Mas, por compasión,
huyamos pronto de ese hombre,
tras de cuyo solo nombre
se me escapa el corazón.
¡Ah! Tú me diste un papel
de mano de ese hombre escrito,
y algún encanto maldito
me diste encerrado en él.
Una sola vez le vi
por entre unas celosías,
y que estaba, me decías,
en aquel sitio por mí.
Tú, Brígida, a todas horas
me venías de él a hablar,
haciéndome recordar
sus gracias fascinadoras.
Tú me dijiste que estaba
para mío[186] destinado

[186] Incluye esta forma del posesivo para lograr el octosílabo.

por mi padre..., y me has jurado
en su nombre que me amaba.
¿Que le amo, dices?... Pues bien,
si esto es amar, sí, le amo;
pero yo sé que me infamo
con esa pasión también.
Y si el débil corazón
se me va tras de don Juan,
tirándome de él están
mi honor y mi obligación.[187]
Vamos, pues; vamos de aquí
primero que ese hombre venga;
pues fuerza acaso no tenga
si le veo junto a mí.
Vamos, Brígida.

BRÍGIDA Esperad.
¿No oís?

DOÑA INÉS ¿Qué?

BRÍGIDA Ruido de remos.

DOÑA INÉS Sí, dices bien; volveremos
en un bote a la ciudad.

BRÍGIDA Mirad, mirad, doña Inés.

DOÑA INÉS Acaba..., por Dios, partamos.

BRÍGIDA Ya imposible que salgamos.

DOÑA INÉS ¿Por qué razón?

BRÍGIDA Porque él es
quien en ese barquichuelo
se adelanta por el río.

[187] En el verso 2088 doña Inés manifiesta que tiene honor, y a lo largo de estos versos intenta hacer ver a Brígida que estar en ese lugar pone en serio riesgo ese honor, y por eso desea salir de allí a toda prisa, para cumplir con esa función propia de la mujer que era preservar su virtud personal.

Doña Inés ¡Ay! ¡Dadme fuerzas, Dios mío!
Brígida Ya llegó, ya está en el suelo.
Sus gentes nos volverán
a casa: mas antes de irnos,
es preciso despedirnos
a lo menos de don Juan.
Doña Inés Sea, y vamos al instante.
No quiero volverle a ver.
Brígida (Los ojos te hará volver
el encontrarle delante.)
Vamos.
Doña Inés Vamos.
Ciutti (*Dentro.*) Aquí están.
Don Juan (*Ídem.*)
Alumbra.
Brígida ¡Nos busca!
Doña Inés Él es.

ESCENA III

Dichas, don Juan.

Don Juan ¿Adónde vais, doña Inés?
Doña Inés Dejadme salir, don Juan.
Don Juan ¿Que os deje salir?
Doña Inés Señor,
sabiendo ya el accidente
del fuego, estará impaciente
por su hija el comendador.
Don Juan ¡El fuego! ¡Ah![188] No os dé cuidado

[188] Don Juan no sabe del invento de Brígida.

por don Gonzalo, que ya
dormir tranquilo le hará
el mensaje que le he enviado.

Doña Inés
¿Le habéis dicho...?

Don Juan
Que os hallabais
bajo mi amparo segura,
y el aura del campo pura,
libre, por fin, respirabais.
¡Cálmate, pues, vida mía!
Reposa aquí, y un momento
olvida de tu convento
la triste cárcel sombría.[189]
¡Ah! ¿No es cierto, ángel de amor,
que en esta apartada orilla
más pura la luna brilla
y se respira mejor?
Esta aura que vaga, llena
de los sencillos olores
de las campesinas flores
que brota esa orilla amena;
esa agua limpia y serena
que atraviesa sin temor
la barca del pescador
que espera cantando el día,
¿no es cierto, paloma mía,

[189] Tenorio ha experimentado un cambio en sus deseos hacia doña Inés: ahora la ama de verdad y lo demostrará en las celebérrimas redondillas y décimas siguientes, que componen el monólogo del galán en la conocida escena del sofá. Zorrilla consideró estas décimas «tan famosas como fuera de lugar» (Zorrilla, *Recuerdos del tiempo viejo*, *op. cit.*, p. 105) porque entendía que la tensión dramática era tan fuerte, sobre todo en lo que había de venir y en los propósitos de don Juan, que resultaba inverosímil que el galán se expresara en esos metros.

que están respirando amor?
  Esa armonía que el viento
recoge entre esos millares
de floridos olivares,
que agita con manso aliento;
ese dulcísimo acento
con que trina el ruiseñor
de sus copas morador,
llamando al cercano día,[190]
¿no es verdad, gacela mía,
que están respirando amor?
  Y estas palabras que están
filtrando insensiblemente
tu corazón, ya pendiente
de los labios de don Juan,
y cuyas ideas van
inflamando en su interior
un fuego germinador
no encendido todavía,
¿no es verdad, estrella mía,
que están respirando amor?
  Y esas dos líquidas perlas
que se desprenden tranquilas
de tus radiantes pupilas
convidándome a beberlas,
evaporarse, a no verlas,
de sí mismas al calor;
y ese encendido color
que en tu semblante no había,

[190] Don Juan ha venido describiendo un paisaje proclive al sentimiento amoroso, un *locus amoenus*. A partir de ahora se centrará en el propio amor: su declaración y los efectos que produce en doña Inés.

¿no es verdad, hermosa mía,
que están respirando amor?
¡Oh! Sí, bellísima Inés,
espejo y luz de mis ojos;
escucharme sin enojos,
como lo haces, amor es:
mira aquí a tus plantas, pues,
todo el altivo rigor
de este corazón traidor
que rendirse no creía,
adorando, vida mía,
la esclavitud de tu amor.

DOÑA INÉS Callad, por Dios, ¡oh, don Juan!,[191]
que no podré resistir
mucho tiempo sin morir
tan nunca sentido afán.
¡Ah! Callad, por compasión,
que oyéndoos me parece
que mi cerebro enloquece,
y se arde[192] mi corazón.[193]
¡Ah! Me habéis dado a beber
un filtro[194] infernal, sin duda,
que a rendiros os ayuda
la virtud de la mujer.
Tal vez poseéis, don Juan,

[191] Estas redondillas son, para el autor, las «mejores que han salido de mi pluma» (Zorrilla, *Recuerdos del tiempo viejo*, *op. cit.*, p. 105).

[192] El uso pronominal del verbo era frecuente en el siglo XIX: «arderse».

[193] Aúna doña Inés dos tópicos: la locura de amor y el incendio de amores, sintetizando el poeta la tradición en estas redondillas magistrales.

[194] *filtro*: 'bebida o composición que se ha fingido podía conciliar el amor de alguna persona'.

un misterioso amuleto
que a vos me atrae en secreto
como irresistible imán.
Tal vez Satán puso en vos
su vista fascinadora,
su palabra seductora,
y el amor que negó a Dios.
¿Y qué he de hacer, ¡ay de mí!,
sino caer en vuestros brazos,
si el corazón en pedazos
me vais robando de aquí?
No, don Juan, en poder mío
resistirte no está ya:
yo voy a ti como va
sorbido al mar ese río.[195]
Tu presencia me enajena,
tus palabras me alucinan,
y tus ojos me fascinan,
y tu aliento me envenena.
¡Don Juan!, ¡don Juan!, yo lo imploro
de tu hidalga compasión:
o arráncame el corazón,
o ámame, porque te adoro.

DON JUAN ¡Alma mía! Esa palabra
cambia de modo mi ser,
que alcanzo que puede hacer
hasta que el Edén se me abra.
No es, doña Inés, Satanás
quien pone este amor en mí:
es Dios, que quiere por ti

[195] Doña Inés desiste y cae prendida de don Juan.

ganarme para Él quizás.[196]
No; el amor que hoy se atesora
en mi corazón mortal,
no es un amor terrenal
como el que sentí hasta ahora;
no es esa chispa fugaz
que cualquier ráfaga apaga;
es incendio que se traga
cuanto ve, inmenso, voraz.
Desecha, pues, tu inquietud,
bellísima doña Inés,
porque me siento a tus pies
capaz aún de la virtud.
Sí; iré mi orgullo a postrar
ante el buen comendador,
y o habrá de darme tu amor,
o me tendrá que matar.

DOÑA INÉS ¡Don Juan de mi corazón!

DON JUAN ¡Silencio! ¿Habéis escuchado?

DOÑA INÉS ¿Qué?

DON JUAN *(Mira por el balcón.)*
Sí, una barca ha atracado
debajo de ese balcón.
Un hombre embozado de ella
salta... Brígida, al momento
pasad a ese otro aposento,
y perdonad, Inés bella,
si solo me importa estar.

[196] Es la segunda afirmación religiosa de don Juan: la salvación eterna. Por primera vez se asume que la única posibilidad para que obtenga la redención eterna será a través de doña Inés como mediadora de gracia y catalizadora de sus pecados.

Doña Inés ¿Tardarás?
Don Juan Poco ha de ser.
Doña Inés A mi padre hemos de ver.
Don Juan Sí, en cuanto empiece a clarear.
Adiós.

ESCENA IV

Don Juan, Ciutti.

Ciutti ¿Señor?
Don Juan ¿Qué sucede,
Ciutti?
Ciutti Ahí está un embozado
en veros muy empeñado.
Don Juan ¿Quién es?
Ciutti Dice que no puede
descubrirse más que a vos,
y que es cosa de tal priesa,
que en ella se os interesa
la vida a entrambos a dos.[197]
Don Juan ¿Y en él no has reconocido
marca ni seña alguna
que nos oriente?
Ciutti Ninguna;
mas a veros decidido
viene.
Don Juan ¿Trae gente?

[197] Otro pleonasmo como el que encontramos en el verso 1889.

CIUTTI No más
que los remeros del bote.

DON JUAN Que entre.

ESCENA V

DON JUAN; *luego* CIUTTI *y* DON LUIS, *embozado.*

DON JUAN ¡Jugamos a escote[198]
la vida...! Mas ¿si es quizás
un traidor que hasta mi quinta
me viene siguiendo el paso?
Hálleme, pues, por si acaso
con las armas en la cinta.

(Se ciñe la espada y suspende al cinto un par de pistolas que habrá colocado sobre la mesa a su salida en la escena tercera. Al momento sale CIUTTI *conduciendo a* DON LUIS, *que, embozado hasta los ojos, espera a que se queden solos.* DON JUAN *hace a* CIUTTI *una seña para que se retire. Lo hace.)*

[198] *escote*: 'la parte o cuota que cabe a cada uno por razón del gasto hecho de común acuerdo entre varias personas'. «Jugar a escote» puede entenderse como que cada uno se juega su vida en el duelo.

ESCENA VI

DON JUAN, DON LUIS.

DON JUAN
(Buen talante.) Bien venido,
caballero.

DON LUIS
Bien hallado,
señor mío.

DON JUAN
Sin cuidado[199]
hablad.

DON LUIS
Jamás lo he tenido.

DON JUAN
Decid, pues: ¿a qué venís
a esta hora y con tal afán?

DON LUIS
Vengo a mataros, don Juan.

DON JUAN
Según eso, sois don Luis.

DON LUIS
No os engañó el corazón,
y el tiempo no malgastemos;[200]
don Juan: los dos no cabemos
ya en la tierra.

DON JUAN
En conclusión,
señor Mejía, ¿es decir,
que porque os gané la apuesta
queréis que acabe la fiesta
con salirnos a batir?

DON LUIS
Estáis puesto en la razón:
la vida apostado habemos,
y es fuerza que nos paguemos.

DON JUAN
Soy de la misma opinión.

[199] *sin cuidado*: sin ningún reparo o temor.

[200] En el primer encuentro entre don Juan y don Luis, en la hostería de Buttarelli, también se recuerda la necesidad de no perder el tiempo y resolver los asuntos lo más pronto posible (v. 399).

Mas ved que os debo advertir
que sois vos quien la ha perdido.

DON LUIS Pues por eso os la he traído;
mas no creo que morir
deba nunca un caballero
que lleva en el cinto espada,
como una res destinada
por su dueño al matadero.

DON JUAN Ni yo creo que resquicio
habréis jamás encontrado
por donde me hayáis tomado
por un cortador de oficio.[201]

DON LUIS De ningún modo; y ya veis
que, pues os vengo a buscar,
mucho en vos debo fiar.

DON JUAN No más de lo que podéis.
Y por mostraros mejor
mi generosa hidalguía,
decid si aún puedo, Mejía,
satisfacer vuestro honor.
Leal la apuesta os gané;
mas si tanto os ha escocido,
mirad si halláis conocido
remedio, y le aplicaré.

DON LUIS No hay más que el que os he propuesto,
don Juan. Me habéis maniatado,
y habéis la casa asaltado
usurpándome mi puesto;
y pues el mío tomasteis
para triunfar de doña Ana,

[201] Los dos personajes defienden su honorabilidad.

no sois vos, don Juan, quien gana,
porque por otro jugasteis.[202]

DON JUAN — Ardides del juego son.

DON LUIS — Pues no os los quiero pasar,
y por ellos a jugar
vamos ahora el corazón.

DON JUAN — ¿Le arriesgáis, pues, en revancha
de doña Ana de Pantoja?

DON LUIS — Sí, y lo que tardo me enoja
en lavar tan fea mancha.
Don Juan, yo la amaba, sí;
mas, con lo que habéis osado,
imposible la hais[203] dejado
para vos y para mí.

DON JUAN — ¿Por qué la apostasteis, pues?

DON LUIS — Porque no pude pensar
que la pudierais lograr.
Y... vamos, por san Andrés,[204]
a reñir, que me impaciento.

DON JUAN — Bajemos a la ribera.

DON LUIS — Aquí mismo.

DON JUAN — Necio fuera:[205]

[202] Obsérvese el curioso razonamiento de don Luis para justificar su exigencia de satisfacción: la suplantación de la identidad del destinatario de los favores de doña Ana declara nula la apuesta por usurpación.

[203] Forma analógica monosilábica de la segunda persona del plural que permite el octosílabo. En su lugar emplearíamos «habéis».

[204] En el verso 648 don Luis también recurre a este santo para una exclamación, en ese caso, de sorpresa e incredulidad.

[205] Consideramos correcta la puntuación que ofrecemos, pues «fuera» es forma verbal de «ser». Una coma tras el adjetivo («Necio, fuera») cambiaría el sentido del pasaje y se referiría a un insulto de don Juan a don Luis, seguido del lugar apropiado para batirse en duelo.

¿no veis que en este aposento
prendieran al vencedor?
Vos traéis una barquilla.

DON LUIS
Sí.

DON JUAN
Pues que lleve a Sevilla
al que quede.

DON LUIS
Eso es mejor;
salgamos, pues.

DON JUAN
Esperad.

DON LUIS
¿Qué sucede?

DON JUAN
Ruido siento.

DON LUIS
Pues no perdamos momento.

ESCENA VII

DON JUAN, DON LUIS,
CIUTTI.

CIUTTI
Señor, la vida salvad.

DON JUAN
¿Qué hay, pues?

CIUTTI
El comendador,
que llega con gente armada.

DON JUAN
Déjale franca[206] la entrada,
pero a él solo.

CIUTTI
Mas, señor...

DON JUAN
Obedéceme. *(Vase* CIUTTI.*)*

[206] *franco*: 'desembarazado, libre y sin impedimento alguno'.

ESCENA VIII

Don Juan, don Luis.

Don Juan — Don Luis,
pues de mí os habéis fiado
cuanto dejáis demostrado
cuando a mi casa venís,
no dudaré en suplicaros,
pues mi valor conocéis,
que un instante me aguardéis.

Don Luis — Yo nunca puse reparos
en valor que es tan notorio,
mas no me fío de vos.

Don Juan — Ved que las partes son dos
de la apuesta con Tenorio,[207]
y que ganadas están.

Don Luis — ¿Lograsteis a un tiempo...?

Don Juan — Sí:
la del convento está aquí:
y pues viene de don Juan
a reclamarla quien puede,
cuando me podéis matar
no debo asunto dejar
tras mí que pendiente quede.

Don Luis — Pero mirad que meter
quien puede el lance impedir
entre los dos puede ser...

[207] Recuérdese que esas dos partes de la apuesta las explicitó don Juan en los versos 673-675: «que a la novicia uniré / la dama de algún amigo / que para casarme esté», es decir, doña Inés para el primer caso y doña Ana para el segundo (el suceso con la prometida de don Luis no se escenifica).

DON JUAN ¿Qué?
DON LUIS Excusaros de reñir.
DON JUAN ¡Miserable...! De don Juan
podéis dudar solo vos;
mas aquí entrad, ¡vive Dios!,
y no tengáis tanto afán

por vengaros, que este asunto
arreglado con ese hombre,
don Luis, yo os juro a mi nombre
que nos batimos al punto.
DON LUIS Pero...
DON JUAN ¡Con una legión
de diablos! Entrad aquí;
que harta nobleza es en mí
aún daros satisfacción.

Desde ahí ved y escuchad;
franca tenéis esa puerta.
Si veis mi conducta incierta,
como os acomode obrad.
DON LUIS Me avengo, si muy reacio
no andáis.
DON JUAN Calculadlo vos
a placer: mas, ¡vive Dios!,
que para todo hay espacio.
(Entra DON LUIS *en el cuarto que* DON JUAN *le señala.)*
Ya suben. *(*DON JUAN *escucha.)*
DON GONZALO *(Dentro.)* ¿Dónde está?
DON JUAN Él es.

ESCENA IX

DON JUAN, DON GONZALO.

DON GONZALO ¿Adónde está ese traidor?
DON JUAN Aquí está, comendador.
DON GONZALO ¿De rodillas?
DON JUAN Y a tus pies.[208]
DON GONZALO Vil eres hasta en tus crímenes.
DON JUAN Anciano, la lengua ten,
y escúchame un solo instante.
DON GONZALO ¿Qué puede en tu lengua haber
que borre lo que tu mano
escribió en este papel?
¡Ir a sorprender, infame,
la cándida sencillez
de quien no pudo el veneno
de esas letras precaver!
¡Derramar en su alma virgen
traidoramente la hiel
en que rebosa la tuya,
seca de virtud y fe!
¡Proponerse así enlodar
de mis timbres la alta prez,[209]
como si fuera un harapo
que desecha un mercader!
¿Ese es el valor, Tenorio,

[208] También don Álvaro se arrodilla ante el marqués de Calatrava, padre de doña Leonor, en el drama del duque de Rivas.

[209] *prez*: 'el honor, estima o consideración que se adquiere o gana con alguna acción gloriosa'.

de que blasonas?[210] ¿Esa es
la proverbial osadía
que te da al vulgo a temer?
¿Con viejos y con doncellas
la muestras...? Y ¿para qué?
¡Vive Dios! Para venir
sus plantas así a lamer
mostrándote a un tiempo ajeno
de valor y de honradez.

DON JUAN ¡Comendador!

DON GONZALO Miserable,
tú has robado a mi hija Inés
de su convento, y yo vengo
por tu vida, o por mi bien.

DON JUAN Jamás delante de un hombre
mi alta cerviz incliné,
ni he suplicado jamás,
ni a mi padre, ni a mi rey.
Y pues conservo a tus plantas
la postura en que me ves,
considera, don Gonzalo,
que razón debo tener.

DON GONZALO Lo que tienes es pavor
de mi justicia.

DON JUAN ¡Pardiez!
Óyeme, comendador,
o tenerme no sabré,
y seré quien siempre he sido,
no queriéndolo ahora ser.

DON GONZALO ¡Vive Dios!

DON JUAN Comendador,

[210] *blasonas*: 'hacer ostentación de alguna cosa con alabanza propia'.

yo idolatro[211] a doña Inés,
persuadido de que el cielo
nos la quiso conceder
para enderezar mis pasos
por el sendero del bien.
No amé la hermosura en ella,
ni sus gracias adoré;
lo que adoro es la virtud,
don Gonzalo, en doña Inés.
Lo que justicias ni obispos
no pudieron de mí hacer
con cárceles y sermones,
lo pudo su candidez.
Su amor me torna en otro hombre
regenerando mi ser,
y ella puede hacer un ángel
de quien un demonio fue.
Escucha, pues, don Gonzalo,
lo que te puede ofrecer
el audaz don Juan Tenorio
de rodillas a tus pies.
Yo seré esclavo de tu hija,
en tu casa viviré,
tú gobernarás mi hacienda,
diciéndome: *esto ha de ser*.
El tiempo que señalares
en reclusión estaré;
cuantas pruebas exigieres
de mi audacia o mi altivez,

[211] No puede asumirse, en este punto, el tópico de la *religio amoris*, pues este es una idea religiosa y la idolatría sería, doctrinalmente, un sacrilegio.

del modo que me ordenares
con sumisión te daré:
y cuando estime tu juicio
que la puedo merecer,
yo la[212] daré un buen esposo
y ella me dará el Edén.[213]

DON GONZALO Basta, don Juan; no sé cómo
me he podido contener,
oyendo tan torpes pruebas
de tu infame avilantez.[214]
Don Juan, tú eres un cobarde
cuando en la ocasión te ves,
y no hay bajeza a que no oses
como te saque con bien.

DON JUAN ¡Don Gonzalo!

DON GONZALO Y me avergüenzo
de mirarte así a mis pies,
lo que apostabas por fuerza
suplicando por merced.

DON JUAN Todo así se satisface,
don Gonzalo, de una vez.

DON GONZALO ¡Nunca, nunca! ¿Tú su esposo?
Primero la mataré.
¡Ea! Entrégamela al punto
o, sin poderme valer,
en esa postura vil[215]

[212] Caso de laísmo.

[213] Alcanzará el paraíso, la salvación, a través de doña Inés.

[214] *avilantez*: 'audacia, insolencia'.

[215] No era honroso para un caballero morir de rodillas, postura que mantiene don Juan. Tampoco lo era para su matador, pero ya don Gonzalo nos ha dicho en varias ocasiones que sería padre antes que caballero.

el pecho te cruzaré.[216]

DON JUAN — Míralo bien, don Gonzalo,
que vas a hacerme perder
con ella hasta la esperanza
de mi salvación tal vez.

DON GONZALO — ¿Y qué tengo yo, don Juan,
con tu salvación que ver?

DON JUAN — ¡Comendador, que me pierdes!

DON GONZALO — Mi hija.

DON JUAN — Considera bien
que por cuantos medios pude
te quise satisfacer,
y que con armas al cinto
tus denuestos toleré,
proponiéndote la paz
de rodillas a tus pies.

ESCENA X

DICHOS; DON LUIS, *soltando una carcajada de burla.*

DON LUIS — Muy bien, don Juan.

DON JUAN — ¡Vive Dios!

DON GONZALO — ¿Quién es ese hombre?

DON LUIS — Un testigo
de su miedo, y un amigo,
comendador, para vos.

DON JUAN — ¡Don Luis!

DON LUIS — Ya he visto bastante,

216 Véase la n. 77 del verso 570.

don Juan, para conocer
cuál uso puedes hacer
de tu valor arrogante;
  y quien hiere por detrás
y se humilla en la ocasión,
es tan vil como el ladrón
que roba y huye.

DON JUAN ¿Esto más?

DON LUIS Y pues la ira soberana
de Dios junta, como ves,
al padre de doña Inés
y al vengador de doña Ana,
  mira el fin que aquí te espera
cuando a igual tiempo te alcanza,
aquí dentro su venganza
y la justicia allá fuera.

DON GONZALO ¡Oh! Ahora comprendo... ¿Sois vos
el que...?

DON LUIS Soy don Luis Mejía,
a quien a tiempo os envía
por vuestra venganza Dios.

DON JUAN ¡Basta, pues, de tal suplicio!
Si con hacienda y honor
ni os muestro ni doy valor
a mi franco sacrificio,
  y la leal solicitud
con que ofrezco cuanto puedo
tomáis, ¡vive Dios!, por miedo
y os mofáis de mi virtud,
  os acepto el que me dais
plazo breve[217] y perentorio

[217] Se introduce, fugazmente, un nuevo plazo, que será necesaria-

para mostrarme el Tenorio
de cuyo valor dudáis.

DON LUIS
Sea; y cae a nuestros pies,
digno al menos de esa fama
que por tan bravo te aclama.

DON JUAN
Y venza el infierno, pues.
Ulloa, pues mi alma así
vuelves a hundir en el vicio,
cuando Dios me llame a juicio
tú responderás por mí.
(Le da un pistoletazo.)

DON GONZALO
¡Asesino! *(Cae.)*

DON JUAN
Y tú, insensato,
que me llamas vil ladrón,
di en prueba de tu razón
que cara a cara te mato.
(Riñen, y le da una estocada.)

DON LUIS
¡Jesús! *(Cae.)*

DON JUAN
Tarde tu fe ciega
acude al cielo, Mejía,
y no fue por culpa mía;
pero la justicia llega,
y a fe que ha de ver quién soy.

CIUTTI
(Dentro.) ¿Don Juan?

DON JUAN
(Asomando al balcón.)
¿Quién es?

CIUTTI
(Dentro.) Por [aquí;
salvaos.

mente breve: la solución al doble conflicto de honor ha de producirse de inmediato.

DON JUAN ¿Hay paso?
CIUTTI Sí;
arrojaos.
DON JUAN Allá voy.
Llamé al cielo y no me oyó,
y pues sus puertas me cierra,
de mis pasos en la tierra
responda el cielo, y no yo.[218]

(Se arroja por el balcón, y se le oye caer en el agua del río, al mismo tiempo que el ruido de los remos muestra la rapidez del barco en que parte; se oyen golpes en las puertas de la habitación; poco después entra la justicia, soldados, etc.)

ESCENA XI

ALGUACILES, SOLDADOS; *luego* DOÑA INÉS *y* BRÍGIDA.

ALGUACIL 1.º El tiro ha sonado aquí.
ALGUACIL 2.º Aún hay humo.
ALGUACIL 1.º ¡Santo Dios!
Aquí hay un cadáver.
ALGUACIL 2.º Dos.
ALGUACIL 1.º ¿Y el matador?
ALGUACIL 2.º Por allí.

[218] Don Juan ya ha asumido la predestinación, y no se siente responsable de sus faltas, sino que traslada esa responsabilidad a su condición, cuyo origen está en Dios, que ha determinado su existencia.

(Abren el cuarto en que están DOÑA INÉS *y* BRÍGIDA, *y las sacan a la escena;* DOÑA INÉS *reconoce el cadáver de su padre.)*

ALGUACIL 2.º — ¡Dos mujeres!
DOÑA INÉS — ¡Ah, qué horror,
padre mío!
ALGUACIL 1.º — ¡Es su hija!
BRÍGIDA — Sí.
DOÑA INÉS — ¡Ay! ¿Dó estás, don Juan, que aquí
me olvidas en tal dolor?
ALGUACIL 1.º — Él le asesinó.
DOÑA INÉS — ¡Dios mío!
¿Me guardabas esto más?
ALGUACIL 2.º — Por aquí ese Satanás
se arrojó, sin duda, al río.
ALGUACIL 1.º — Miradlos..., a bordo están
del bergantín calabrés.
TODOS — ¡Justicia por doña Inés!
DOÑA INÉS — Pero no contra don Juan.[219]
(Cayendo de rodillas.)

FIN DEL ACTO CUARTO

[219] Doña Inés está enamorada de don Juan y no quiere que lo maten a pesar del dolor que está sufriendo por el asesinato de su padre. Cabría preguntarse, entonces, contra quién quiere ella que se ejerza la justicia. Si piensa, con don Juan, que el responsable es el cielo, se trasladaría a un punto diametralmente opuesto al que representaba cuando estaba en el convento.

Parte segunda

Acto primero

La sombra de doña Inés

Panteón de la familia Tenorio. El teatro representa un magnífico cementerio, hermoseado a manera de jardín. En primer término, aislados y de bulto, los sepulcros de don Gonzalo Ulloa, *de* doña Inés *y de* don Luis Mejía, *sobre los cuales se ven sus estatuas de piedra. El sepulcro de* don Gonzalo *a la derecha, y su estatua de rodillas; el de* don Luis *a la izquierda, y su estatua también de rodillas; el de* doña Inés *en el centro, y su estatua de pie. En segundo término otros dos sepulcros en la forma que convenga; y en el tercer término y en puesto elevado, el sepulcro y estatua del fundador* don Diego Tenorio, *en cuya figura remata la perspectiva de los sepulcros. Una pared llena de nichos y lápidas circuye*[220] *el cuadro hasta el horizonte. Dos llorones*[221] *a cada lado de la tumba de* doña Inés, *dispuestos a servir de la manera que a su tiempo exige el juego escénico. Cipreses y flores de todas clases embellecen la decoración, que no debe tener nada de horrible. La acción se supone en una tranquila noche de verano, y alumbrada por una clarísima luna.*

220 *circuye*: 'rodear, cercar'.
221 *llorones*: variedad del sauce.

ESCENA PRIMERA

El ESCULTOR, *disponiéndose a marchar.*

ESCULTOR Pues, señor, es cosa hecha:
el alma del buen don Diego
puede, a mi ver, con sosiego
reposar muy satisfecha.
La obra está rematada
con cuanta suntuosidad
su postrera voluntad
dejó al mundo encomendada.
Y ya quisieran, ¡pardiez!,
todos los ricos que mueren
que su voluntad cumplieren
los vivos, como esta vez.
Mas ya de marcharme es hora:
todo corriente lo dejo
y de Sevilla me alejo
al despuntar de la aurora.
¡Ah! Mármoles que mis manos
pulieron con tanto afán,
mañana os contemplarán
los absortos sevillanos;
y al mirar de este panteón
las gigantes proporciones,
tendrán las generaciones
la nuestra en veneración.
Mas yendo y viniendo días
se hundirán unas tras otras,
mientra[222] en pie estaréis vosotras,

[222] Véase la n. 172 del verso 1872.

póstumas memorias mías.
¡Oh!, frutos de mis desvelos,
peñas a quien yo animé
y por quienes arrostré[223]
la intemperie de los cielos;
el que forma y ser os dio
va ya a perderos de vista;
¡velad mi gloria de artista,
pues viviréis más que yo!
Mas ¿quién llega?

ESCENA II

El ESCULTOR; DON JUAN,
que entra embozado.

ESCULTOR — Caballero...
DON JUAN — Dios le guarde.
ESCULTOR — Perdonad,
mas ya es tarde, y...
DON JUAN — Aguardad
un instante, porque quiero
que me expliquéis...
ESCULTOR — ¿Por acaso
sois forastero?
DON JUAN — Años ha
que falto de España ya,
y me chocó el ver al paso,
cuando a esas verjas llegué,

[223] *arrostré*: 'hacer cara, resistir sin dar muestra de cobardía a las calamidades o peligros'.

que encontraba este recinto
enteramente distinto
de cuando yo le[224] dejé.

ESCULTOR
Yo lo creo; como que esto
era entonces un palacio
y hoy es panteón el espacio
donde aquel estuvo puesto.

DON JUAN
¡El palacio hecho panteón!

ESCULTOR
Tal fue de su antiguo dueño
la voluntad, y fue empeño
que dio al mundo admiración.

DON JUAN
¡Y, por Dios, que es de admirar!

ESCULTOR
Es una famosa historia,
a la cual debo mi gloria.

DON JUAN
¿Me la podréis relatar?

ESCULTOR
Sí; aunque muy sucintamente,
pues me aguardan.

DON JUAN
Sea.

ESCULTOR
Oíd
la verdad pura.

DON JUAN
Decid,
que me tenéis impaciente.

ESCULTOR
Pues habitó esta ciudad
y este palacio heredado
un varón muy estimado
por su noble calidad.

DON JUAN
Don Diego Tenorio.

ESCULTOR
El mismo.
Tuvo un hijo este don Diego
peor mil veces que el fuego,

[224] Otro ejemplo del leísmo de Zorrilla.

un aborto del abismo.[225]
Un mozo sangriento y cruel
que, con tierra y cielo en guerra,
dicen que nada en la tierra
fue respetado por él.
Quimerista, seductor
y jugador con ventura,
no hubo para él segura
vida, ni hacienda, ni honor.
Así le pinta la historia,
y si tal era, por cierto
que obró cuerdamente el muerto
para ganarse la gloria.

DON JUAN Pues ¿cómo obró?

ESCULTOR Dejó entera
su hacienda al que la empleara
en un panteón que asombrara
a la gente venidera.
Mas con condición, que dijo
que se enterraran en él
los que a la mano crüel[226]
sucumbieron de su hijo.
Y mirad en derredor
los sepulcros de los más
de ellos.

DON JUAN ¿Y vos sois quizás,
el conserje?

[225] Le dice el Padre Guardián a doña Leonor: «Libre estáis en este sitio / de esas vanas ilusiones, / aborto de los abismos» (Duque de Rivas, *Don Álvaro o la fuerza del sino*, Barcelona, Planeta, 1988, p. 42).

[226] Es necesaria la diéresis para que el verso sea octosílabo.

ESCULTOR El escultor
de estas obras encargado.
DON JUAN ¡Ah! ¿Y las habéis concluido?
ESCULTOR Ha un mes; mas me he detenido
hasta ver ese enverjado
colocado en su lugar,
pues he querido impedir
que pueda el vulgo venir
este sitio a profanar.
DON JUAN *(Mirando.)*
¡Bien empleó sus riquezas
el difunto!
ESCULTOR ¡Ya lo creo!
Miradle allí.
DON JUAN Ya le veo.
ESCULTOR ¿Le conocisteis?
DON JUAN Sí.
ESCULTOR Piezas
son todas muy parecidas
y a conciencia trabajadas.
DON JUAN ¡Cierto que son extremadas!
ESCULTOR ¿Os han sido conocidas
las personas?
DON JUAN Todas ellas.
ESCULTOR ¿Y os parecen bien?
DON JUAN Sin duda,
según lo que a ver me ayuda
el fulgor de las estrellas.
ESCULTOR ¡Oh! Se ven como de día
con esta luna tan clara.
Esta es mármol de Carrara.[227]

[227] El mármol procedente de las canteras cercanas al municipio ita-

(Señalando a la de DON LUIS.*)*

DON JUAN ¡Buen busto es el de Mejía!
(Contempla las estatuas unas tras otras.)
¡Hola! Aquí el comendador
se representa muy bien.

ESCULTOR Yo quise poner también
la estatua del matador
entre sus víctimas, pero
no pude a manos haber
su retrato... Un Lucifer
dicen que era el caballero
don Juan Tenorio.

DON JUAN ¡Muy malo!
Mas como pudiera hablar,
le había algo de abonar
la estatua de don Gonzalo.

ESCULTOR ¿También habéis conocido
a don Juan?

DON JUAN Mucho.

ESCULTOR Don Diego
le abandonó desde luego
desheredándole.

DON JUAN Ha sido
para don Juan poco daño
ese, porque la fortuna
va tras él desde la cuna.

ESCULTOR Dicen que ha muerto.

DON JUAN Es engaño:
vive.

---

liano de Carrara es muy conocido y reputado. Se caracteriza por su blancura y ha sido muy del gusto de los escultores de todos los tiempos. El *David* de Miguel Ángel está hecho con este mármol.

ESCULTOR ¿Y dónde?
DON JUAN Aquí, en Sevilla.
ESCULTOR ¿Y no teme que el furor
popular...?
DON JUAN En su valor
no ha echado el miedo semilla.
ESCULTOR Mas cuando vea el lugar
en que está ya convertido
el solar que suyo ha sido,
no osará en Sevilla estar.
DON JUAN Antes ver tendrá a fortuna
en su casa reünidas[228]
personas de él conocidas,
puesto que no odia a ninguna.
ESCULTOR ¿Creéis que ose aquí venir?
DON JUAN ¿Por qué no? Pienso, a mi ver,
que donde vino a nacer
justo es que venga a morir.
Y pues le quitan su herencia
para enterrar a estos bien,
a él es muy justo también
que le entierren con decencia.
ESCULTOR Solo a él le está prohibida
en este panteón la entrada.
DON JUAN Trae don Juan muy buena espada,
y no sé quién se lo impida.
ESCULTOR ¡Jesús! ¡Tal profanación!
DON JUAN Hombre es don Juan que, a querer,
volverá el palacio a hacer
encima del panteón.

[228] La diéresis convierte la palabra en polisílaba y el número de sílabas del verso asciende así a ocho.

ESCULTOR ¿Tan audaz ese hombre es
que aun a los muertos se atreve?
DON JUAN ¿Qué respetos gastar debe
con los que tendió a sus pies?
ESCULTOR ¿Pero no tiene conciencia
ni alma ese hombre?
DON JUAN Tal vez no,
que al cielo una vez llamó
con voces de penitencia,
y el cielo, en trance tan fuerte,
allí mismo le metió,
que a dos inocentes dio,
para salvarse, la muerte.[229]
ESCULTOR ¡Qué monstruo, supremo Dios!
DON JUAN Podéis estar convencido
de que Dios no le ha querido.
ESCULTOR Tal será.
DON JUAN Mejor que vos.
ESCULTOR (¿Y quién será el que a don Juan
abona con tanto brío?)
Caballero, a pesar mío,
como aguardándome están...
DON JUAN Idos, pues, enhorabuena.
ESCULTOR He de cerrar.
DON JUAN No cerréis
y marchaos.
ESCULTOR Mas ¿no veis...?
DON JUAN Veo una noche serena

[229] Recuerda la escena en la que pidió comprensión a don Gonzalo de Ulloa para que le otorgase su confianza y pudiera casarse con doña Inés, pues la amaba y entendía que había cambiado. Al no concedérsela, mató a don Gonzalo y a don Luis Mejía.

y un lugar que me acomoda
para gozar su frescura,
y aquí he de estar a mi holgura,
si pesa a Sevilla toda.

ESCULTOR (¿Si acaso padecerá
de locura desvaríos?)

DON JUAN *(Dirigiéndose a las estatuas.)*
Ya estoy aquí, amigos míos.

ESCULTOR ¿No lo dije? Loco está.

DON JUAN Mas, ¡cielos, qué es lo que veo!
O es ilusión de mi vista,
o a doña Inés el artista
aquí representa, creo.

ESCULTOR Sin duda.

DON JUAN ¿También murió?

ESCULTOR Dicen que de sentimiento
cuando de nuevo al convento
abandonada volvió
por don Juan.

DON JUAN ¿Y yace aquí?

ESCULTOR Sí.

DON JUAN ¿La visteis muerta vos?[230]

ESCULTOR Sí.

DON JUAN ¿Cómo estaba?

ESCULTOR ¡Por Dios,
que dormida la creí!

[230] Don Juan realiza esta pregunta porque el público necesita obtener una respuesta positiva que aclare la situación de la dama, porque ni la muerte de doña Inés ni su traslado de vuelta al convento se representan en la obra, solamente se cuentan en este punto, por lo que se entiende que estos sucesos debieron acaecer entre la primera y la segunda parte del drama.

La muerte fue tan piadosa
con su cándida hermosura,
que la envió con la frescura
y las tintas de la rosa.

DON JUAN ¡Ah! Mal la muerte podría
deshacer con torpe mano
el semblante soberano
que un ángel envidiaría.
¡Cuán bella y cuán parecida
su efigie en el mármol es!
¡Quién pudiera, doña Inés,
volver a darte la vida!
¿Es obra del cincel vuestro?

ESCULTOR Como todas las demás.

DON JUAN Pues bien merece algo más
un retrato tan maestro.
Tomad.

ESCULTOR ¿Qué me dais aquí?

DON JUAN ¿No lo veis?

ESCULTOR Mas..., caballero...,
¿por qué razón...?

DON JUAN Porque quiero
yo que os acordéis de mí.

ESCULTOR Mirad que están bien pagadas.

DON JUAN Así lo estarán mejor.

ESCULTOR Mas vamos de aquí, señor,
que aún las llaves entregadas
no están, y al salir la aurora
tengo que partir de aquí.

DON JUAN Entregádmelas a mí,
y marchaos desde ahora.

ESCULTOR ¿A vos?

DON JUAN A mí: ¿qué dudáis?

ESCULTOR Como no tengo el honor...
DON JUAN Ea, acabad, escultor.
ESCULTOR Si el nombre al menos que usáis
supiera...
DON JUAN ¡Viven los cielos!
Dejad a don Juan Tenorio
velar el lecho mortuorio
en que duermen sus abuelos.
ESCULTOR ¡Don Juan Tenorio!
DON JUAN Yo soy.
Y si no me satisfaces,
compañía juro que haces
a tus estatuas desde hoy.
ESCULTOR *(Alargándole las llaves.)*
Tomad. (No quiero la piel
dejar aquí entre sus manos.
Ahora, que los sevillanos
se las compongan con él.) *(Vase.)*

ESCENA III

DON JUAN.

DON JUAN Mi buen padre empleó en esto
entera la hacienda mía;
hizo bien: yo al otro día
la hubiera a una carta puesto.[231]
No os podéis quejar de mí,
vosotros a quien maté;
si buena vida os quité,

[231] La hubiera apostado.

buena sepultura os di.
¡Magnífica es, en verdad,
la idea de tal panteón!
Y... siento que el corazón
me halaga esta soledad.
¡Hermosa noche...! ¡Ay de mí!
¡Cuántas como esta tan puras,
en infames aventuras
desatinado perdí!
¡Cuántas, al mismo fulgor
de esa luna transparente
arranqué a algún inocente
la existencia o el honor!
Sí, después de tantos años
cuyos recuerdos me espantan,
siento que en mí se levantan
pensamientos en mí extraños.
¡Oh! Acaso me los inspira
desde el cielo, en donde mora,
esa sombra protectora
que por mi mal no respira.
(Se dirige a la estatua de DOÑA INÉS, *hablándola con respeto.)*
Mármol en quien doña Inés
en cuerpo sin alma existe,
deja que el alma de un triste
llore un momento a tus pies.
De azares mil a través
conservé tu imagen pura,
y pues la mala ventura
te asesinó de don Juan,
contempla con cuánto afán
vendrá hoy a tu sepultura.

En ti nada más pensó
desde que se fue de ti;
y desde que huyó de aquí
solo en volver meditó.
Don Juan tan solo esperó
de doña Inés su ventura,
y hoy, que en pos de su hermosura
vuelve el infeliz don Juan,
mira cuál será su afán
al dar con tu sepultura.

Inocente doña Inés,
cuya hermosa juventud
encerró en el ataúd
quien llorando está a tus pies;
si de esa piedra a través
puedes mirar la amargura
del alma que tu hermosura
adoró con tanto afán,
prepara un lado a don Juan
en tu misma sepultura.

Dios te crió por mi bien,
por ti pensé en la virtud,
adoré su excelsitud,
y anhelé su santo Edén.
Sí, aún hoy mismo en ti también
mi esperanza se asegura,
que oigo una voz que murmura
en derredor de don Juan
palabras con que su afán
se calma en tu sepultura.

¡Oh, doña Inés de mi vida!
Si esa voz con quien deliro

es el postrimer[232] suspiro
de tu eterna despedida;
si es que de ti desprendida
llega esa voz a la altura,
y hay un Dios tras esa anchura
por donde los astros van,
dile que mire a don Juan
llorando en tu sepultura.

(Se apoya en el sepulcro, ocultando el rostro; y mientras se conserva en esta postura, un vapor que se levanta del sepulcro oculta la estatua de DOÑA INÉS. *Cuando el vapor se desvanece, la estatua ha desaparecido.* DON JUAN *sale de su enajenamiento.)*

Este mármol sepulcral
adormece mi vigor,
y sentir creo en redor[233]
un ser sobrenatural.
Mas... ¡cielos! ¡El pedestal
no mantiene su escultura!
¿Qué es esto? ¿Aquella figura
fue creación de mi afán?

[232] *postrimer*: último.
[233] *en redor*: alrededor.

ESCENA IV

El llorón y las flores de la izquierda del sepulcro de DOÑA INÉS *se cambian en una apariencia, dejando ver dentro de ella, y en medio de resplandores, la* SOMBRA DE DOÑA INÉS.

DON JUAN, *la* SOMBRA DE DOÑA INÉS.

SOMBRA
No; mi espíritu, don Juan,
te aguardó en mi sepultura.

DON JUAN
(De rodillas.)
¡Doña Inés! Sombra querida,
alma de mi corazón,
¡no me quites la razón
si me has de dejar la vida!
Si eres imagen fingida,
solo hija de mi locura,
no aumentes mi desventura
burlando mi loco afán.

SOMBRA
Yo soy doña Inés, don Juan,
que te oyó en su sepultura.

DON JUAN
¿Conque vives?

SOMBRA
Para ti;
mas tengo mi purgatorio
en ese mármol mortuorio
que labraron para mí.
Yo a Dios mi alma ofrecí
en precio de tu alma impura,
y Dios, al ver la ternura
con que te amaba mi afán,
me dijo: «Espera a don Juan
en tu misma sepultura.

Y pues quieres ser tan fiel
a un amor de Satanás,
con don Juan te salvarás,
o te perderás con él.[234]
Por él vela: mas si cruel
te desprecia tu ternura,
y en su torpeza y locura
sigue con bárbaro afán,
llévese tu alma don Juan
de tu misma sepultura.»[235]

DON JUAN (*Fascinado.*)
¡Yo estoy soñando quizás
con las sombras de un Edén!

SOMBRA No: y ve que si piensas bien,
a tu lado me tendrás;
mas si obras mal, causarás
nuestra eterna desventura.
Y medita con cordura
que es esta noche, don Juan,
el espacio[236] que nos dan
para buscar sepultura.
Adiós, pues; y en la ardua lucha
en que va a entrar tu existencia,
de tu dormida conciencia
la voz que va a alzarse escucha;
porque es de importancia mucha

[234] Los destinos de ambos están desde hace tiempo, en efecto, indisolublemente unidos. La salvación de don Juan se realizará por medio de doña Inés y la de esta dependerá de la de aquel.

[235] El alma de doña Inés se hubiera salvado, pero su adhesión amorosa inquebrantable hacia don Juan ha hecho que Dios la mantenga en suspenso hasta que se cumpla la hora (el plazo) de Tenorio.

[236] *espacio*: el plazo.

meditar con sumo tiento
la elección de aquel momento
que, sin poder evadirnos,
al mal o al bien ha de abrirnos
la losa del monumento.
(Ciérrase la apariencia; desaparece DOÑA INÉS, *y todo queda como al principio del acto, menos la estatua de* DOÑA INÉS, *que no vuelve a su lugar.* DON JUAN *queda atónito.)*

ESCENA V

DON JUAN.

DON JUAN ¡Cielos! ¿Qué es lo que escuché?
¡Hasta los muertos así
dejan sus tumbas por mí!
Mas sombra, delirio fue.
Yo en mi mente le[237] forjé;
la imaginación le dio
la forma en que se mostró,
y ciego vine a creer
en la realidad de un ser
que mi mente fabricó.
Mas nunca de modo tal
fanatizó mi razón
mi loca imaginación
con su poder ideal.
Sí, algo sobrenatural

[237] Nuevo ejemplo de leísmo.

vi en aquella doña Inés
tan vaporosa a través
aun de esa enramada espesa;
mas... ¡bah!, circunstancia es esa
que propia de sombras es.
  ¿Qué más diáfano y sutil
que las quimeras de un sueño?
¿Dónde hay nada más risueño,
más flexible y más gentil?
¿Y no pasa veces mil
que, en febril exaltación,
ve nuestra imaginación
como ser y realidad
la vacía vanidad
de una anhelada ilusión?
  ¡Sí, por Dios, delirio fue!
Mas su estatua estaba aquí.
Sí, yo la vi y la toqué,
y aun en albricias le di
al escultor no sé qué.
¡Y ahora solo el pedestal
veo en la urna funeral!
¡Cielos! La mente me falta,
o de improviso me asalta
algún vértigo infernal.
  ¿Qué dijo aquella visión?
¡Oh! Yo la oí claramente,
y su voz triste y doliente
resonó en mi corazón.
¡Ah! ¡Y breves las horas son
del plazo que nos augura!
No, no: ¡de mi calentura
delirio insensato es!

Mi fiebre fue a doña Inés
quien abrió la sepultura.
  ¡Pasad y desvaneceos;
pasad, siniestros vapores
de mis perdidos amores
y mis fallidos deseos!
¡Pasad, vanos devaneos
de un amor muerto al nacer;
no me volváis a traer
entre vuestro torbellino,
ese fantasma divino
que recuerda una mujer!
  ¡Ah! ¡Estos sueños me aniquilan,
mi cerebro se enloquece...
y esos mármoles parece
que estremecidos vacilan![238]
*(Las estatuas se mueven lentamente
y vuelven la cabeza hacia él.)*
  Sí, sí: ¡sus bustos oscilan,
su vago contorno medra...!
Pero don Juan no se arredra:
¡alzaos, fantasmas vanos,
y os volveré con mis manos
a vuestros lechos de piedra!
  No, no me causan pavor
vuestros semblantes esquivos;
jamás, ni muertos ni vivos,

[238] Don Juan expresa en los versos precedentes su incapacidad para discernir si el episodio que acaba de vivir ha sido real o un misterioso producto de sus delirios amorosos por doña Inés, que habrían posibilitado su vuelta a la vida, siquiera como sombra.

humillaréis mi valor.
Yo soy vuestro matador
como al mundo es bien notorio;
si en vuestro alcázar mortuorio
me aprestáis venganza fiera,
daos prisa: aquí os espera
otra vez don Juan Tenorio.

ESCENA VI

DON JUAN, *el* CAPITÁN CENTELLAS, AVELLANEDA.

CENTELLAS *(Dentro.)*
¿Don Juan Tenorio?
DON JUAN *(Volviendo en sí.)* ¿Qué es eso?
¿Quién me repite mi nombre?
AVELLANEDA *(Saliendo.)*
¿Veis a alguien? *(A* CENTELLAS.*)*
CENTELLAS *(Ídem.)* Sí, allí hay un hombre.
DON JUAN ¿Quién va?
AVELLANEDA Él es.
CENTELLAS *(Yéndose a* DON JUAN.*)*
Yo pierdo el seso
con la alegría. ¡Don Juan!
AVELLANEDA ¡Señor Tenorio!
DON JUAN ¡Apartaos,
vanas sombras!
CENTELLAS Reportaos,
señor don Juan... Los que están

en vuestra presencia ahora[239]
no son sombras, hombres son,
y hombres cuyo corazón
vuestra amistad atesora.
A la luz de las estrellas
os hemos reconocido,
y un abrazo hemos venido
a daros.

DON JUAN Gracias, Centellas.

CENTELLAS Mas ¿qué tenéis? ¡Por mi vida
que os tiembla el brazo, y está
vuestra faz descolorida!

DON JUAN *(Recobrando su aplomo.)*
La luna tal vez lo hará.

AVELLANEDA Mas, don Juan, ¿qué hacéis aquí?
¿Este sitio conocéis?

DON JUAN ¿No es un panteón?

CENTELLAS ¿Y sabéis
a quién pertenece?

DON JUAN A mí:
mirad a mi alrededor
y no veréis más que amigos
de mi niñez o testigos
de mi audacia y mi valor.

CENTELLAS Pero os oímos hablar:
¿con quién estabais?

DON JUAN Con ellos.

[239] Zorrilla emplea este adverbio para marcar una clara diferencia de realidades a don Juan, aunque el capitán Centellas no podría saber del misterio que perturbaba a Tenorio porque no estaba en escena, a pesar de que en el verso 3142 afirme que Avellaneda y él le habían escuchado hablar.

CENTELLAS ¿Venís aún a escarnecellos?[240]
DON JUAN No, los vengo a visitar.
Mas un vértigo insensato
que la mente me asaltó
un momento me turbó,
y a fe que me dio mal rato.
Esos fantasmas de piedra
me amenazaban tan fieros,
que a mí acercado a no haberos
pronto...
CENTELLAS ¡Ja!, ¡ja!, ¡ja! ¿Os arredra,
don Juan, como a los villanos,
el temor de los difuntos?
DON JUAN No, a fe; contra todos juntos
tengo aliento y tengo manos.
Si volvieran a salir
de las tumbas en que están,
a las manos de don Juan
volverían a morir.
Y desde aquí en adelante
sabed, señor capitán,
que yo soy siempre don Juan,
y no hay cosa que me espante.
Un vapor calenturiento
un punto me fascinó,
Centellas, mas ya pasó:
cualquiera duda un momento.
AVELLANEDA Y CENTELLAS Es verdad.
DON JUAN Vamos de aquí.
CENTELLAS Vamos, y nos contaréis

[240] Véase la n. 121 del verso 1174.

cómo a Sevilla volvéis
tercera vez.[241]

DON JUAN
Lo haré así,
si mi historia os interesa:
y a fe que oírse merece,
aunque mejor me parece
que la oigáis de sobremesa.
¿No opináis...?

AVELLANEDA Y CENTELLAS
Como gustéis.

DON JUAN
Pues bien: cenaréis conmigo
y en mi casa.

CENTELLAS
Pero digo,
¿es cosa de que dejéis
algún huésped por nosotros?
¿No tenéis gato encerrado?

DON JUAN
¡Bah! Si apenas he llegado:
no habrá allí más que vosotros
esta noche.

CENTELLAS
¿Y no hay tapada
a quien algún plantón demos?

DON JUAN
Los tres solos cenaremos.
Digo, si de esta jornada
no quiere igualmente ser
alguno de estos.

[241] La primera vez que don Juan fue a Sevilla fue cuando apostó con don Luis «quién de ambos sabría obrar / peor, con mejor fortuna, / en el término de un año» (vv. 431-433), que forma parte de la prehistoria del drama. Su segunda estancia coincide con la primera parte de la obra: la resolución de la apuesta, los tratos con doña Ana y doña Inés y las muertes de don Gonzalo y don Luis. Ahora, después de haber huido a Italia, vuelve a Sevilla, por tercera vez, cinco años después, como indica la acotación inicial de la obra.

(Señalando a las estatuas de los sepulcros.)

CENTELLAS
Don Juan,
dejad tranquilos yacer
a los que con Dios están.

DON JUAN
¡Hola! ¿Parece que vos
sois ahora el que teméis,
y mala cara ponéis
a los muertos? Mas, ¡por Dios,
que ya que de mí os burlasteis
cuando me visteis así,
en lo que penda[242] de mí
os mostraré cuánto errasteis!
Por mí, pues, no ha de quedar,
y a poder ser, estad ciertos
que cenaréis con los muertos,
y os los voy a convidar.

AVELLANEDA
Dejaos de esas quimeras.

DON JUAN
¿Duda en mi valor ponerme
cuando hombre soy para hacerme
platos de sus calaveras?
Yo, a nada tengo pavor.
(Dirigiéndose a la estatua de DON GONZALO, *la que tiene más cerca.)*
Tú eres el más ofendido;
mas si quieres, te convido
a cenar, comendador.[243]
Que no lo puedas hacer
creo, y es lo que me pesa;

[242] El poeta emplea esta forma en lugar de «dependa» por una cuestión métrica.

[243] Entronca Zorrilla con la tradición tirsiana.

mas, por mi parte, en la mesa
te haré un cubierto poner.
Y a fe que favor me harás,
pues podré saber de ti
si hay más mundo que el de aquí
y otra vida, en que jamás,
a decir verdad, creí.

CENTELLAS Don Juan, eso no es valor;
locura, delirio es.

DON JUAN Como lo juzguéis mejor:
yo cumplo así. Vamos, pues.
Lo dicho, comendador.

FIN DEL ACTO PRIMERO

Acto segundo

La estatua de don Gonzalo

Aposento de don Juan Tenorio. *Dos puertas en el fondo a derecha e izquierda, preparadas para el juego escénico del acto. Otra puerta en el bastidor que cierra la decoración por la izquierda. Ventana en el de la derecha. Al alzarse el telón están sentados a la mesa* don Juan, Centellas *y* Avellaneda. *La mesa ricamente servida: el mantel cogido con guirnaldas de flores, etc. En frente del espectador,* don Juan, *y a su izquierda,* Avellaneda; *en el lado izquierdo de la mesa,* Centellas, *y en el de enfrente de este, una silla y un cubierto desocupados.*

Escena primera

Don Juan, *el* capitán Centellas,
Avellaneda, Ciutti, *un* paje.

Don Juan

Tal es mi historia, señores:
pagado de mi valor,
quiso el mismo emperador
dispensarme sus favores.
Y aunque oyó mi historia entera,
dijo: «Hombre de tanto brío

merece el amparo mío;
vuelva a España cuando quiera».
Y heme aquí en Sevilla ya.

CENTELLAS ¡Y con qué lujo y riqueza!

DON JUAN Siempre vive con grandeza
quien hecho a grandeza está.

CENTELLAS A vuestra vuelta.

DON JUAN Bebamos.

CENTELLAS Lo que no acierto a creer
es cómo, llegando ayer,
ya establecido os hallamos.

DON JUAN Fue el adquirirme, señores,
tal casa con tal boato,
porque se vendió a barato
para pago de acreedores.
Y como al llegar aquí
desheredado me hallé,
tal como está la compré.

CENTELLAS ¿Amueblada y todo?

DON JUAN Sí.
Un necio que se arruinó
por una mujer vendiola.

CENTELLAS ¿Y vendió la hacienda sola?

DON JUAN Y el alma al diablo.[244]

CENTELLAS ¿Murió?

DON JUAN De repente; y la justicia,
que iba a hacer de cualquier modo
pronto despacho de todo,
viendo que yo su codicia

[244] Entendemos el diablo como el propio don Juan, a quien el vendedor de la casa entregó verdaderamente su alma: Tenorio mató al hombre.

saciaba,[245] pues los dineros
ofrecía dar al punto,
cediome el caudal[246] por junto[247]
y estafó a los usureros.

CENTELLAS Y la mujer, ¿qué fue de ella?

DON JUAN Un escribano la pista
la siguió, pero fue lista
y escapó.

CENTELLAS ¿Moza?

DON JUAN Y muy bella.

CENTELLAS Entrar hubiera debido
en los muebles de la casa.[248]

DON JUAN Don Juan Tenorio no pasa
moneda que se ha perdido.
Casa y bodega he comprado,
dos cosas que, no os asombre,
pueden bien hacer a un hombre
vivir siempre acompañado,
como lo puede mostrar
vuestra agradable presencia,
que espero que con frecuencia
me hagáis ambos disfrutar.

CENTELLAS Y nos haréis honra inmensa.

DON JUAN Y a mí vos. ¡Ciutti!

CIUTTI ¿Señor?

DON JUAN Pon vino al comendador.

[245] Tenorio sigue comprando el favor de la justicia y cuanto desea conseguir de cualquiera con dinero, y se vanagloria de ello.

[246] *caudal*: 'hacienda, bienes de cualquiera especie'.

[247] *por junto*: 'en grueso, por mayor'.

[248] Obsérvese la misoginia del capitán Centellas, por otra parte muy en la línea de lo que encontramos en el conjunto del drama.

(Señalando el vaso del puesto vacío.)

AVELLANEDA Don Juan, ¿aún en eso piensa
vuestra locura?

DON JUAN ¡Sí, a fe!
Que si él no puede venir,
de mí no podréis decir
que en ausencia no le honré.

CENTELLAS ¡Ja, ja, ja! Señor Tenorio,
creo que vuestra cabeza
va menguando en fortaleza.

DON JUAN Fuera en mí contradictorio
y ajeno de mi hidalguía,
a un amigo convidar
y no guardarle el lugar
mientras que llegar podría.
Tal ha sido mi costumbre
siempre, y siempre ha de ser esa;
y el mirar sin él la mesa
me da, en verdad, pesadumbre.
Porque si el comendador
es, difunto, tan tenaz
como vivo, es muy capaz
de seguirnos el humor.

CENTELLAS Brindemos a su memoria,
y más en él no pensemos.

DON JUAN Sea.

CENTELLAS Brindemos.

AVELLANEDA Y DON JUAN Brindemos.

CENTELLAS A que Dios le dé su gloria.

DON JUAN Mas yo, que no creo que haya
más gloria que esta mortal,
no hago mucho en brindis tal;

mas por complaceros, ¡vaya!
Y brindo a Dios que te dé
la gloria, comendador.
(Mientras beben se oye lejos un aldabonazo,[249] que se supone dado en la puerta de la calle.)
Mas ¿llamaron?

CIUTTI — Sí, señor.

DON JUAN — Ve quién.

CIUTTI — *(Asomando por la ventana.)*
A nadie se ve.
¿Quién va allá? Nadie responde.

CENTELLAS — Algún chusco.[250]

AVELLANEDA — Algún menguado[251]
que al pasar habrá llamado
sin mirar siquiera dónde.

DON JUAN — *(A* CIUTTI.*)*
Pues cierra y sirve licor.
(Llaman otra vez más recio.)
Mas ¿llamaron otra vez?

CIUTTI — Sí.

DON JUAN — Vuelve a mirar.

CIUTTI — ¡Pardiez!
A nadie veo, señor.

DON JUAN — ¡Pues, por Dios, que del bromazo
quien es no se ha de alabar![252]

[249] *aldabonazo*: fuerte golpe dado con una aldaba, esa 'pieza de hierro o bronce, que se pone a las puertas para llamar'. También es un golpe con el aldabón (aumentativo de «aldaba»), y «aldabada» el dado propiamente con la aldaba.

[250] *chusco*: persona 'que tiene gracia y donaire'.

[251] *menguado*: 'tonto, falto de juicio'.

[252] *alabar*: 'jactarse o vanagloriarse'.

Ciutti, si vuelve a llamar
suéltale un pistoletazo.
(Llaman otra vez, y se oye un poco más cerca.)
¿Otra vez?

CIUTTI ¡Cielos!

AVELLANEDA Y CENTELLAS ¿Qué pasa?

CIUTTI Que esa aldabada[253] postrera
ha sonado en la escalera,
no en la puerta de la casa.

AVELLANEDA Y CENTELLAS ¿Qué dices?
(Levantándose asombrados.)

CIUTTI Digo lo cierto
nada más: dentro han llamado
de la casa.

DON JUAN ¿Qué os ha dado?
¿Pensáis ya que sea el muerto?
Mis armas cargué con bala:
Ciutti, sal a ver quién es.
(Vuelven a llamar más cerca.)

AVELLANEDA ¿Oísteis?

CIUTTI ¡Por san Ginés,[254]
que eso ha sido en la antesala!

DON JUAN ¡Ah! Ya lo entiendo; me habéis
vosotros mismos dispuesto
esta comedia, supuesto
que lo del muerto sabéis.

[253] Véase la n. 249 de la acotación situada tras el verso 3313.

[254] Por este santo también juró Pascual, criado de don Luis, en el verso 912.

AVELLANEDA Yo os juro, don Juan...
CENTELLAS Y yo.
DON JUAN ¡Bah! Diera en ello el más topo;
y apuesto a que ese galopo[255]
los medios para ello os dio.
AVELLANEDA Señor don Juan, escondido
algún misterio hay aquí.
(Vuelven a llamar más cerca.)
CENTELLAS ¡Llamaron otra vez!
CIUTTI Sí;
y ya en el salón ha sido.
DON JUAN ¡Ya! Mis llaves en manojo
habréis dado a la fantasma,[256]
y que entre así no me pasma;
mas no saldrá a vuestro antojo,
ni me han de impedir cenar
vuestras farsas desdichadas.
(Se levanta, y corre los cerrojos de las puertas del fondo, volviendo a su lugar.)
Ya están las puertas cerradas:
ahora el coco, para entrar,

[255] *galopo*: 'pícaro'.

[256] El diccionario académico recogió el término «fantasma» como femenino hasta su sexta edición, del año 1822. A partir de la séptima, publicada en 1832, lo consideró masculino. En los tiempos de Zorrilla había solo una ligera vacilación porque, de hecho, el vocablo aparece en otros puntos del drama y siempre con género masculino (en los versos 3092, 3101, 3150, 3621 y en la acotación situada tras el 3738; además, aparece la forma de plural sin determinante en los versos 3558, 3620 y 3777); este del verso 3353 es la única excepción. Es cierto, por otra parte, que la novena edición del diccionario de la Real Academia Española, de 1843, recoge la definición de 'visión quimérica como la que ofrece el sueño o la imaginación acalorada' para el masculino y la de un 'espantajo para asustar a la gente sencilla' para el femenino.

tendrá que echarlas al suelo,
y en el punto que lo intente
que con los muertos se cuente,
y apele después al cielo.

CENTELLAS ¡Qué diablos! Tenéis razón.

DON JUAN ¿Pues no temblabais?

CENTELLAS Confieso
que en tanto que no di en eso,
tuve un poco de aprensión.

DON JUAN ¿Declaráis, pues, vuestro enredo?

AVELLANEDA Por mi parte, nada sé.

CENTELLAS Ni yo.

DON JUAN Pues yo volveré
contra el inventor el miedo.
Mas sigamos con la cena;
vuelva cada uno a su puesto,
que luego sabremos de esto.

AVELLANEDA Tenéis razón.

DON JUAN *(Sirviendo a* CENTELLAS.*)*
Cariñena;[257]
sé que os gusta, capitán.

CENTELLAS Como que somos paisanos.

DON JUAN *(A* AVELLANEDA, *sirviéndole de otra botella.)*
Jerez a los sevillanos,
don Rafael.

AVELLANEDA Habéis, don Juan,
dado a entrambos por el gusto;
mas ¿con cuál brindaréis vos?

DON JUAN Yo haré justicia a los dos.

[257] Vino producido en la provincia de Zaragoza.

CENTELLAS Vos siempre estáis en lo justo.

DON JUAN Sí, a fe; bebamos.

AVELLANEDA Y CENTELLAS Bebamos.

(Llaman a la misma puerta de la escena, fondo derecha.)

DON JUAN Pesada me es ya la broma,
mas veremos quién asoma
mientras en la mesa estamos.
(A CIUTTI, *que se manifiesta asombrado.)*
¿Y qué haces tú ahí, bergante?[258]
¡Listo! Trae otro manjar;
(Vase CIUTTI.*)*
mas me ocurre en este instante
que nos podemos mofar
de los de afuera, invitándoles
a probar su sutileza,
entrándose hasta esta pieza
y sus puertas no franqueándoles.

AVELLANEDA Bien dicho.

CENTELLAS Idea brillante.

(Llaman fuerte, fondo derecha.)

DON JUAN ¡Señores! ¿A qué llamar?
Los muertos se han de filtrar
por la pared; adelante.
(La estatua de DON GONZALO *pasa por la puerta sin abrirla, y sin hacer ruido.)*

[258] *bergante*: 'pícaro sin vergüenza'.

ESCENA II

DON JUAN, CENTELLAS, AVELLANEDA, *la* ESTATUA DE DON GONZALO.

CENTELLAS ¡Jesús!
AVELLANEDA ¡Dios mío!
DON JUAN ¡Qué es esto!
AVELLANEDA Yo desfallezco. *(Cae desvanecido.)*
CENTELLAS Yo expiro. *(Cae lo mismo.)*
DON JUAN ¡Es realidad o deliro!
Es su figura..., su gesto.
ESTATUA ¿Por qué te causa pavor
quien convidado a tu mesa
viene por ti?
DON JUAN ¡Dios! ¿No es esa
la voz del comendador?
ESTATUA Siempre supuse que aquí
no me habías de esperar.
DON JUAN Mientes, porque hice arrimar
esa silla para ti.
Llega, pues, para que veas
que, aunque dudé en un extremo
de sorpresa, no te temo,
aunque el mismo Ulloa seas.
ESTATUA ¿Aún lo dudas?
DON JUAN No lo sé.
ESTATUA Pon, si quieres, hombre impío,
tu mano en el mármol frío
de mi estatua.[259]

[259] Hay un recuerdo al momento bíblico en el que Jesucristo, ya resucitado, invita a sus apóstoles a introducir la mano en la llaga de su

DON JUAN ¿Para qué?
Me basta oírlo de ti;
cenemos, pues; mas te advierto...

ESTATUA ¿Qué?

DON JUAN Que si no eres el muerto,
no vas a salir de aquí.
¡Eh! Alzad.
(A CENTELLAS *y* AVELLANEDA.*)*

ESTATUA No pienses, no,
que se levanten, don Juan;
porque en sí no volverán
hasta que me ausente yo.
Que la divina clemencia
del Señor para contigo
no requiere más testigo
que tu juicio y tu conciencia.
Al sacrílego convite
que me has hecho en el panteón,
para alumbrar tu razón
Dios asistir me permite.
Y heme que vengo en su nombre
a enseñarte la verdad;
y es: que hay una eternidad
tras de la vida del hombre.
Que numerados están
los días que has de vivir,
y que tienes que morir
mañana mismo, don Juan.
Mas, como esto que a tus ojos
está pasando supones
ser del alma aberraciones

---

costado para que sirva como prueba de la veracidad de sus palabras.

y de la aprensión antojos,
Dios, en su santa clemencia,
te concede todavía,
don Juan, hasta el nuevo día
para ordenar tu conciencia.[260]
Y su justicia infinita
por que conozcas mejor,
espero de tu valor
que me pagues la visita.
¿Irás, don Juan?

DON JUAN — Iré, sí;
mas me quiero convencer
de lo vago de tu ser
antes que salgas de aquí.
(Coge una pistola.)

ESTATUA — Tu necio orgullo delira,
don Juan; los hierros más gruesos
y los muros más espesos
se abren a mi paso: mira.
(Desaparece la ESTATUA *sumiéndose por la pared.)*

ESCENA III

DON JUAN, AVELLANEDA, CENTELLAS.

DON JUAN — ¡Cielos! ¡Su esencia se trueca
el muro hasta penetrar,
cual mancha de agua que seca

[260] Se otorga a don Juan un nuevo plazo, el plazo final para ordenar su conducta y permitir la salvación eterna de su alma.

el ardor canicular![261]
¿No me dijo: «El mármol toca
de mi estatua»? ¿Cómo, pues,
se desvanece una roca?
¡Imposible! Ilusión es.
Acaso su antiguo dueño
mis cubas envenenó,
y el licor tan vano ensueño
en mi mente levantó.
¡Mas si estas que sombras creo
espíritus reales son
que por celestial empleo
llaman a mi corazón![262]
Entonces, para que iguale
su penitencia don Juan
con sus delitos, ¿qué vale
el plazo ruin que le dan?
¡Dios me da tan solo un día...!
Si fuese Dios en verdad,
a más distancia pondría
su aviso y mi eternidad.
«Piensa bien que al lado tuyo
me tendrás...», dijo de Inés
la sombra, y si bien arguyo,
pues no la veo, sueño es.
(Trasparéntase en la pared la SOMBRA DE DOÑA INÉS.*)*

[261] Alude a la calurosidad de la etapa de la canícula.

[262] Una vez que la aparición se ha marchado, como en el caso de su encuentro con la sombra de doña Inés, tiene un debate interno sobre la realidad o ficción de lo que ha vivido.

ESCENA IV

DON JUAN, *la* SOMBRA DE DOÑA INÉS; CENTELLAS *y* AVELLANEDA, *dormidos.*

SOMBRA Aquí estoy.
DON JUAN ¡Cielos!
SOMBRA Medita
lo que al buen comendador
has oído, y ten valor
para acudir a su cita.
Un punto se necesita
para morir con ventura;
elígele con cordura,
porque mañana, don Juan,
nuestros cuerpos dormirán
en la misma sepultura.
(Desaparece la SOMBRA.*)*

ESCENA V

DON JUAN, CENTELLAS, AVELLANEDA.

DON JUAN Tente, doña Inés, espera;
y si me amas en verdad,
hazme al fin la realidad
distinguir de la quimera.
Alguna más duradera
señal dame que segura
me pruebe que no es locura
lo que imagina mi afán,
para que baje don Juan

tranquilo a la sepultura.
Mas ya me irrita, por Dios,
el verme siempre burlado,
corriendo desatentado
siempre de sombras en pos.
¡Oh! Tal vez todo esto ha sido
por estos dos preparado,
y mientras se ha ejecutado,
su privación han fingido.
Mas, por Dios, que si es así,
se han de acordar de don Juan.
¡Eh! Don Rafael, capitán.
Ya basta: alzaos de ahí.
(DON JUAN *mueve a* CENTELLAS *y a* AVELLANEDA, *que se levantan como quien vuelve de un profundo sueño.)*

CENTELLAS ¿Quién va?
DON JUAN Levantad.
AVELLANEDA ¿Qué pasa?
¡Hola, sois vos!
CENTELLAS ¿Dónde estamos?
DON JUAN Caballeros, claros vamos.
Yo os he traído a mi casa,
y temo que a ella al venir,
con artificio apostado,
habéis, sin duda, pensado,
a costa mía reír;
mas basta ya de ficción,
y concluid de una vez.
CENTELLAS Yo no os entiendo.
AVELLANEDA ¡Pardiez!
Tampoco yo.

Don Juan En conclusión,
¿nada habéis visto ni oído?

Centellas y Avellaneda ¿De qué?

Don Juan No finjáis ya más.

Centellas Yo no he fingido jamás,
señor don Juan.

Don Juan ¡Habrá sido
realidad! ¿Contra Tenorio
las piedras se han animado,
y su vida han acotado
con plazo tan perentorio?
Hablad, pues, por compasión.

Centellas ¡Voto va Dios![263] ¡Ya comprendo
lo que pretendéis!

Don Juan Pretendo
que me deis una razón
de lo que ha pasado aquí,
señores, o juro a Dios
que os haré ver a los dos
que no hay quien me burle a mí.

Centellas Pues ya que os formalizáis,
don Juan, sabed que sospecho
que vos la burla habéis hecho
de nosotros.

Don Juan ¡Me insultáis!

[263] *voto va Dios*: la exclamación más corriente es «voto a Dios», pero se intenta favorecer el cómputo octosilábico del verso. Zorrilla empleó esta misma construcción en la leyenda *El talismán*, recogida en sus *Vigilias del estío*: «¿Morir? ¡Voto va Dios!, ¿y esa María / que veo al concluir, del genio aborto, / que la pasada edad envidiaría / y que Canova contemplara absorto?».

CENTELLAS	No, por Dios; mas si cerrado
seguís en que aquí han venido
fantasmas, lo sucedido
oíd cómo me he explicado.
Yo he perdido aquí del todo
los sentidos, sin exceso
de ninguna especie, y eso
lo entiendo yo de este modo.

DON JUAN	A ver, decídmelo, pues.

CENTELLAS	Vos habéis compuesto el vino,
semejante desatino
para encajarnos después.

DON JUAN	¡Centellas!

CENTELLAS	Vuestro valor
al extremo por mostrar,
convidasteis a cenar
con vos al comendador.
Y para poder decir
que a vuestro convite exótico
asistió, con un narcótico
nos habéis hecho dormir.
Si es broma, puede pasar;
mas a ese extremo llevada,
ni puede probarnos nada,
ni os la hemos de tolerar.

AVELLANEDA	Soy de la misma opinión.

DON JUAN	¡Mentís!

CENTELLAS	Vos.

DON JUAN	Vos, capitán.

CENTELLAS	Esa palabra, don Juan...

DON JUAN	La he dicho de corazón.
Mentís; no son a mis bríos
menester falsos portentos,

porque tienen mis alientos
su mejor prueba en ser míos.

AVELLANEDA Y CENTELLAS
Veamos. *(Ponen mano a las espadas.)*

DON JUAN
Poned a tasa[264]
vuestra furia, y vamos fuera,
no piense después cualquiera
que os asesiné en mi casa.

AVELLANEDA
Decís bien..., mas somos dos.

CENTELLAS
Reñiremos, si os fiais,
el uno del otro en pos.[265]

DON JUAN
O los dos, como queráis.

CENTELLAS
¡Villano fuera, por Dios!
Elegid uno, don Juan,
por primero.

DON JUAN
Sedlo vos.

CENTELLAS
Vamos.

DON JUAN
Vamos, capitán.

FIN DEL ACTO SEGUNDO

[264] *poned a tasa*: aplacad.
[265] Coincide con el verso 100 de la obra.

Acto tercero

Misericordia de Dios y apoteosis del amor

Panteón de la familia Tenorio. Como estaba en el acto primero de la Segunda Parte, menos las estatuas de doña Inés *y de* don Gonzalo, *que no están en su lugar.*

ESCENA PRIMERA

Don Juan, *embozado y distraído, entra en la escena lentamente.*

Don Juan
Culpa mía no fue: delirio insano[266]
me enajenó la mente acalorada.
Necesitaba víctimas mi mano
que inmolar a mi fe desesperada,
y al verlos en mitad de mi camino
presa les hice allí de mi locura.
¡No fui yo, vive Dios! ¡Fue su destino![267]

[266] *insano*: 'loco, demente'.

[267] Don Juan continúa recurriendo a la predestinación divina para obviar su responsabilidad en los actos que lleva a cabo y en las decisiones que toma.

Sabían mi destreza y mi ventura.
¡Oh! Arrebatado el corazón me siento
por vértigo infernal..., mi alma perdida
va cruzando el desierto de la vida
cual hoja seca que arrebata el viento.
Dudo..., temo..., vacilo..., en mi cabeza
siento arder un volcán..., muevo la planta
sin voluntad, y humilla mi grandeza
un no sé qué de grande que me espanta.
(Un momento de pausa.)
¡Jamás mi orgullo concibió que hubiere
nada más que el valor...! Que se aniquila
el alma con el cuerpo cuando muere
creí..., mas hoy mi corazón vacila.
¡Jamás creí en fantasmas...! ¡Desvaríos!
Mas del fantasma aquel, pese a mi aliento,
los pies de piedra caminando siento,
por doquiera que voy, tras de los míos.
¡Oh! Y me trae a este sitio irresistible,
misterioso poder...
(Levanta la cabeza y ve que no está en su pedestal la estatua de DON GONZALO.*)*
¡Pero qué veo!
¡Falta de allí su estatua...! Sueño horrible,
déjame de una vez... No, no te creo.
Sal, huye de mi mente fascinada,
fatídica ilusión..., estás en vano
con pueriles asombros empeñada
en agotar mi aliento sobrehumano.
Si todo es ilusión, mentido sueño,[268]

[268] Ecos del soliloquio de Segismundo que cierra el segundo acto de *La vida es sueño* de Calderón.

nadie me ha de aterrar con trampantojos;
si es realidad, querer es necio empeño
aplacar de los cielos los enojos.
No: sueño o realidad, del todo anhelo
vencerle o que me venza; y si piadoso
busca tal vez mi corazón el cielo,
que le busque más franco y generoso.
La efigie de esa tumba me ha invitado
a venir a buscar prueba más cierta
de la verdad en que dudé obstinado...
Heme aquí, pues: comendador, despierta.

(Llama al sepulcro del comendador. Este sepulcro se cambia en una mesa que parodia horriblemente la mesa en que cenaron en el acto anterior DON JUAN, CENTELLAS *y* AVELLANEDA. *En vez de las guirnaldas que cogían en pabellones sus manteles, de sus flores y lujoso servicio, culebras, huesos y fuego, etcétera. (A gusto del pintor.) Encima de esta mesa aparece un plato de ceniza, una copa de fuego y un reloj de arena. Al cambiarse este sepulcro, todos los demás se abren y dejan paso a las osamentas de las personas que se suponen enterradas en ellos, envueltas en sus sudarios. Sombras, espectros y espíritus pueblan el fondo de la escena. La tumba de* DOÑA INÉS *permanece.)*

ESCENA II

La ESTATUA DE DON GONZALO, *las* SOMBRAS.

ESTATUA — Aquí me tienes, don Juan,
y he aquí que vienen conmigo
los que tu eterno castigo
de Dios reclamando están.

DON JUAN — ¡Jesús!

ESTATUA — ¿Y de qué te alteras,
si nada hay que a ti te asombre,
y para hacerte eres hombre
plato con sus calaveras?[269]

DON JUAN — ¡Ay de mí!

ESTATUA — ¿Qué? ¿El corazón
te desmaya?

DON JUAN — No lo sé;
concibo que me engañé;
no son sueños..., ¡ellos son!
(Mirando a los espectros.)
Pavor jamás conocido
el alma fiera me asalta,
y aunque el valor no me falta,
me va faltando el sentido.

ESTATUA — Eso es, don Juan, que se va
concluyendo tu existencia,
y el plazo de tu sentencia
está cumpliéndose ya.

DON JUAN — ¡Qué dices!

[269] La estatua de don Gonzalo se expresa con ironía en un momento en el que Tenorio se muestra abatido y apesadumbrado, como nunca lo habíamos visto a lo largo del drama.

ESTATUA Lo que hace poco
que doña Inés te avisó,
lo que te he avisado yo,[270]
y lo que olvidaste loco.
Mas el festín que me has dado
debo volverte, y así
llega, don Juan, que yo aquí
cubierto te he preparado.

DON JUAN ¿Y qué es lo que ahí me das?

ESTATUA Aquí fuego, allí ceniza.

DON JUAN El cabello se me eriza.

ESTATUA Te doy lo que tú serás.

DON JUAN ¡Fuego y ceniza he de ser!

ESTATUA Cual los que ves en redor:
en eso para el valor,
la juventud y el poder.

DON JUAN Ceniza, bien; ¡pero fuego!

ESTATUA El de la ira omnipotente,
do arderás eternamente
por tu desenfreno ciego.

DON JUAN ¿Conque hay otra vida más
y otro mundo que el de aquí?
¿Conque es verdad, ¡ay de mí!,
lo que no creí jamás?
¡Fatal verdad que me hiela
la sangre en el corazón!
Verdad que mi perdición
solamente me revela.

[270] Recuérdese que, en el convite previo, la estatua del comendador le advirtió del plazo de un día que le otorgaba Dios para salvar su alma o condenarla eternamente. Doña Inés también se lo avisó, después.

¿Y ese reló?[271]

ESTATUA
Es la medida
de tu tiempo.

DON JUAN
¡Expira ya!

ESTATUA
Sí; en cada grano se va
un instante de tu vida.

DON JUAN
¿Y esos me quedan no más?

ESTATUA
Sí.

DON JUAN
¡Injusto Dios! Tu poder
me haces ahora conocer,
cuando tiempo no me das
de arrepentirme.

ESTATUA
Don Juan,
un punto de contrición
da a un alma la salvación
y ese punto aún te le dan.

DON JUAN
¡Imposible! ¡En un momento
borrar treinta años malditos
de crímenes y delitos!

ESTATUA
Aprovéchale[272] con tiento,
(Tocan a muerto.)
porque el plazo va a expirar,
y las campanas doblando
por ti están, y están cavando
la fosa en que te han de echar.
(Se oye a lo lejos el oficio de difuntos.)

DON JUAN
¿Conque por mí doblan?

ESTATUA
Sí.

[271] Ese reloj que marca los plazos ha sido utilizado en el drama en otras ocasiones.

[272] Un nuevo ejemplo de leísmo.

DON JUAN ¿Y esos cantos funerales?[273]

ESTATUA Los salmos penitenciales,[274]
que están cantando por ti.

(Se ve pasar por la izquierda luz de hachones, y rezan dentro.)

DON JUAN ¿Y aquel entierro que pasa?

ESTATUA Es el tuyo.[275]

DON JUAN ¡Muerto yo!

ESTATUA El capitán te mató
a la puerta de tu casa.[276]

DON JUAN Tarde la luz de la fe
penetra en mi corazón,
pues crímenes mi razón
a su luz tan solo ve.
Los ve... y con horrible afán:
porque al ver su multitud

[273] *cantos funerales*: canciones u oraciones que expresan el duelo por un fallecido.

[274] *salmos penitenciales*: son aquellos siete que reza el pecador para mostrar el dolor y arrepentimiento por sus faltas. Son los números 6, 32, 38, 51, 102, 130 y 145.

[275] En *El estudiante de Salamanca* de Espronceda también un personaje observa su propio entierro.

[276] Se trata de una escena poco clara. La estatua de don Gonzalo le explica que todo lo que ahora está viviendo es una ilusión porque el capitán Centellas acabó con su vida al finalizar el acto anterior. Sin embargo, en la conclusión de la obra se escenifica el fallecimiento de Tenorio. Podríamos explicarlo como la muerte física del galán, en el mundo, a manos del capitán, con el posterior acceso de don Juan al purgatorio, donde está doña Inés. Allí sería perdonado («que, pues me abre el purgatorio / un punto de penitencia, / es el Dios de la clemencia / el Dios de don Juan Tenorio», vv. 3812-3815) y moriría definitivamente, al igual que ella. Después, ambos cuerpos exhalarían sus almas en forma de llama —como se indica en la acotación final del drama— para que lleguen al cielo.

ve a Dios en la plenitud
de su ira contra don Juan.
¡Ah! Por doquiera que fui
la razón atropellé,
la virtud escarnecí
y a la justicia burlé,
y emponzoñé cuanto vi.
Yo a las cabañas bajé,
y a los palacios subí,
y los claustros escalé;[277]
y pues tal mi vida fue,
no, no hay perdón para mí.
Mas ¡ahí[278] estáis todavía
(A los fantasmas.)
con quietud tan pertinaz!
Dejadme morir en paz
a solas con mi agonía.
Mas con esta horrenda calma,
¿qué me auguráis, sombras fieras?
¿Qué esperan de mí?
(A la ESTATUA DE DON GONZALO.*)*

ESTATUA
Que mueras
para llevarse tu alma.
Y adiós, don Juan; ya tu vida
toca a su fin, y pues vano
todo fue, dame la mano
en señal de despedida.

[277] Zorrilla recuerda estos célebres versos que tanto definen la vida pasada de don Juan, los cuales expresó él mismo entre los versos 502 y 508, durante la resolución de la apuesta con don Luis.

[278] Debe pronunciarse en una sola sílaba para mantener la medida del verso.

DON JUAN ¿Muéstrasme ahora amistad?
ESTATUA Sí; que injusto fui contigo,
y Dios me manda tu amigo
volver a la eternidad.
DON JUAN Toma, pues.
ESTATUA Ahora, don Juan,
pues desperdicias también
el momento que te dan,
conmigo al infierno ven.
DON JUAN ¡Aparta, piedra fingida!
Suelta, suéltame esa mano,
que aún queda el último grano
en el reló de mi vida.
Suéltala, que si es verdad
que un punto de contrición
da a un alma la salvación
de toda una eternidad,
yo, Santo Dios, creo en Ti;
si es mi maldad inaudita,
tu piedad es infinita...[279]
¡Señor, ten piedad de mí!
ESTATUA Ya es tarde.
*(*DON JUAN *se hinca de rodillas, tendiendo al cielo la mano que le deja libre la* ESTATUA. *Las sombras, esqueletos, etc., van a abalanzarse sobre él, en cuyo momento se abre la tumba de* DOÑA INÉS *y aparece esta.* DOÑA INÉS *toma la mano que* DON JUAN *tiende al cielo.)*

[279] Aunque don Juan ha ido asumiendo algunos mandatos doctrinales a partir de su enamoramiento de doña Inés, se produce ahora el punto culminante de su arrepentimiento y la afirmación directa de su fe.

ESCENA III

DON JUAN, *la* ESTATUA DE DON GONZALO, DOÑA INÉS, SOMBRAS, *etc.*

DOÑA INÉS ¡No! Heme ya aquí,[280]
don Juan; mi mano asegura
esta mano que a la altura
tendió tu contrito afán,
y Dios perdona a don Juan
al pie de la sepultura.

DON JUAN ¡Dios clemente! ¡Doña Inés!

DOÑA INÉS Fantasmas, desvaneceos:
su fe nos salva..., volveos
a vuestros sepulcros, pues.
La voluntad de Dios es:
de mi alma con la amargura
purifiqué su alma impura,
y Dios concedió a mi afán
la salvación de don Juan
al pie de la sepultura.

DON JUAN ¡Inés de mi corazón!

DOÑA INÉS Yo mi alma he dado por ti,
y Dios te otorga por mí
tu dudosa salvación.
Misterio es que en comprensión
no cabe de criatura,
y solo en vida más pura

[280] Doña Inés emerge como mediadora del perdón divino y como el único medio que tiene don Juan, *in extremis*, de alcanzar la salvación eterna para su alma, habiendo partido todo de su amor por la dama, como recuerda en el verso 3794.

los justos comprenderán
que el amor salvó a don Juan
al pie de la sepultura.
Cesad,[281] cantos funerales;
(Cesa la música y salmodia.)[282]
callad, mortuorias campanas;
(Dejan de tocar a muerto.)
ocupad, sombras livianas,
vuestras urnas sepulcrales;
(Vuelven los esqueletos a sus tumbas, que se cierran.)
volved a los pedestales,
animadas esculturas;
(Vuelven las estatuas a sus lugares.)
y las celestes venturas
en que los justos están
empiecen para don Juan
en las mismas sepulturas.
(Las flores se abren y dan paso a varios angelitos que rodean a DOÑA INÉS *y a* DON JUAN, *derramando sobre ellos flores y perfumes, y al son de una música dulce y lejana, se ilumina el teatro con luz de aurora.* DOÑA INÉS *cae sobre un lecho de flores, que quedará a la vista en lugar de su tumba, que desaparece.)*

[281] Desde este momento la intercesión de doña Inés asemeja, escénicamente, un *deus ex machina* que va ordenando la representación hacia su final.

[282] *salmodia*: 'el conjunto de los salmos de David'.

ESCENA ÚLTIMA

DOÑA INÉS, DON JUAN, *los* ÁNGELES.

DON JUAN ¡Clemente Dios, gloria a Ti!
Mañana a los sevillanos
aterrará el creer que a manos
de mis víctimas caí.[283]
Mas es justo; quede aquí
al universo notorio
que, pues me abre el purgatorio
un punto de penitencia,
es el Dios de la clemencia
el Dios de don Juan Tenorio.

(Cae DON JUAN *a los pies de* DOÑA INÉS, *y mueren ambos. De sus bocas salen sus almas representadas en dos brillantes llamas, que se pierden en el espacio al son de la música. Cae el telón.)*

FIN DEL DRAMA

[283] Las víctimas de don Juan, aquellas que están enterradas en el panteón familiar (don Luis, don Diego y, sobre todo, don Gonzalo) son las que acaban con Tenorio en un plano a caballo entre realidad y la ilusión.

El papel utilizado para la impresión de este libro
ha sido fabricado a partir de madera
procedente de bosques y plantaciones
gestionados con los más altos estándares ambientales,
lo que garantiza una explotación de los recursos
sostenible con el medio ambiente
y beneficiosa para las personas.
Por este motivo, Greenpeace acredita que
este libro cumple los requisitos ambientales y sociales
necesarios para ser considerado
un libro «amigo de los bosques».
El proyecto «Libros amigos de los bosques» promueve
la conservación y el uso sostenible de los bosques,
en especial de los Bosques Primarios,
los últimos bosques vírgenes del planeta.

Papel certificado por el Forest Stewardship Council®

FSC
www.fsc.org
MIXTO
Papel procedente de
fuentes responsables
FSC® C117695